MRA

Margrit Schriber

Die Stickerin

Roman

bilgerverlag

VORWORT

Unter den berühmten Appenzellerinnen zählte Maria Antonia Räss zu den exzentrischsten. Sie war tüchtig, klug und eigenwillig. Eine Freundin berühmter Künstler, eine Frau von Welt und Gönnerin der Kirche. Sie hat sich aus dem Nichts zu den Sternen katapultiert. Ihre Spitzen waren Kunstwerke und hingen im Museum. Ihre Kundschaft war international. Im Rockefeller-Center an der 5th Avenue von New York gaben Sammler einander die Klinke in die Hand.

Als Tochter eines Geissenbauern vom Grüt war sie chancenlos. Eines von unzähligen Mädchen, das in der Abgeschiedenheit der appenzellischen Wellenhügel stickte. Feine, exakte und winzige Handarbeiten gehören dort zur Tradition. Buben stanzen Messingkühe für Ledergürtel, Mädchen lernen sticken und roulieren.

Zur Heemet, wie ihre Sippe den Hof nennt, führt ein Schotterweg. Schwermut tropft vom Nussbaum im Garten. Die Bewohner versinken in der Stille, fernab der Welt. Aber gegen das Ziehen in ihrer Brust sind sie nicht gefeit. Ein Windstoss, ein fernes Glockengebimmel, das Zittern von einem Licht irgendwo da draussen: Ein Nichts genügt, dass sie das Handwerkszeug auf die Trage laden und in die Welt oder zur Verwandtschaft in den anderen Heemet aufbrechen.

Stobete nennen die Räss das gemeinsame Sticken. Singend und plaudernd ziehen sie mit jeder Fadenlänge eine Fantasie durch den Stoff. Wind sammelt die Geschichten und streut sie über die Wellenhügel.

DIE REICHE TANTE IN AMERIKA

Diese Bezeichnung klingt nach einer arrivierten Top-Frau. Niemand weiss, wann der Tochter des Geissenbauern dieser Titel verliehen worden ist. Plötzlich nennt die Verwandtschaft in den Wellenhügeln sie nicht mehr beim Vornamen. Sie bezeichnet sie als *Die reiche Tante* in Amerika.

Dies bietet Vorteile.

Als ein Räss seine Werkstatt für messingbeschlagene Hosenträger mit «Chuelibroscht» eröffnet, erwirkt der Hinweis auf *Die reiche Tante* in Amerika einen Kleinkredit. Die Familie erhält beim Erwähnen *Der reichen Tante* einen Zahlungsaufschub, falls die mausernden Hühner kein Eiergeld einbringen, die Verzinsung einer Gült fällig ist oder ein Hausarzt benötigt wird.

Dann und wann schleudert ein gedemütigter armer Schlucker in seiner Not *Die reiche Tante* in Amerika einem Grosskotz ins Gesicht. Und geht dann erleichtert und mit erhobenem Kopf des Wegs.

Dieser Titel ist zum Votivbild in der Seelenkapelle geworden. In ausweglosen Situationen kann die Sippe sich davor hinknien und Hoffnung schöpfen.

Mit vier Jahren gelang es der Tochter des Geissenbauern, die feinste Nadel einzufädeln. Mit fünf stickte sie ein Blattmuster von der ersten bis zur letzten Ranke durch, ohne die Stiche abzählen zu müssen. Mit sechzehn wurde sie in die angesehene Gilde der europäischen Schaustickerinnen aufgenommen. Als sie sich fürs Passbild ablichten lässt, hat sie die Grösse einer Halbwüchsigen erreicht.

Die Geschwister waren ebenso talentiert. Auch sie trugen mit ihrem Handwerk zum Unterhalt der Familie auf dem Grüt bei. Nur Maria Antonia wanderte aus. Als Einzige der Familie hat sie es zu einem Vermögen gebracht.

Das Leben, Punkt! Die einen stürzen in einen Kübel voll Gold. Die anderen schöpfen die Gaben nur mit einem Fingerhut.

Wie sie es mit ihrer Kunst zur Dollar-Millionärin gebracht hat, bleibt ein Rätsel. Doch die Idee, für sie sei auf der Welt ein anderer Platz bestimmt als der glitschige Hof der Heemet, muss ihr schon früh gekommen sein. Mit vier Jahren vielleicht? Als sie mit halb erfrorenen Füssen im Webkeller von Baptist und Xaveria Manser stand. Und es kein Entkommen von der Stickmaschine gab.

Oder mit dreissig? Als ein Ambulanzfahrer der United-States-Armee sie angesprochen hat, während sie sich auf der sonnenwarmen Promenade von Lugano im Klappsitz räkelte? Er war Maler. Walter Elias Disney sein Name. Er hat ihr erklärt, dass Amerika einer Schaustickerin unbegrenzte Möglichkeiten bietet.

Amerika war schon vor dem Jahr 1900 der Inbegriff des Abenteuers. Es lockte die Armen aus Europa übers grosse Wasser. In abgelegenen Gebirgsgegenden sah man in einer Schiffspassage ohne Rückfahrkarte ein sicheres Verhütungsmittel für Jungvermählte. Der Mann zog fort. Die Frau blieb zurück. Sie hörte dem Tropfen des Nussbaums im Garten zu und hoffte, dass es dem Liebsten noch zur Zeit ihrer Fruchtbarkeit gelinge, Geld für die Rückfahrt zusammenzukratzen.

Die Stickerin entschied sich gegen die Verlorenheit des Grüts. Mit nichts als einer Nadel aus bestem Stahl und einem Ballen aus feinem Gewebe bestieg sie einen Dampfer nach Amerika.

I am crazy!, schreibt sie vom andern Ufer des Ozeans an die Familie, sprenkelt die Karte mit Tränen, fädelt eine Nadel und beginnt, das Dessin ihres American Dreams zu sticken. Daneben spart sie das Geld für einen Schweiz-Besuch.

Nach sechzig Jahren taucht die Karte im Rathaussaal von Appenzell auf. Man findet sie unter der Hinterlassenschaft der verstorbenen Auswanderin. Die Worte waren verblasst, liessen die Familie aber verstummen.

I am crazy!

Die Karte datiert aus den Goldenen Twenties, das Foto zeigt die Skyline von New York. Inzwischen ruhte die Verfasserin unter einem Stein aus Granit neben den Geschwistern, an die sie diese Worte einst richtete.

Als Assistentin des Notars fiel mir die Aufgabe zu, die Sippe der Verstorbenen zur Erbteilung einzuladen. Ihre verstorbenen Geschwister hatten Kinder und Kindeskinder. Vierunddreissig Personen waren anzuschreiben. Einen fünfunddreissigsten Namen musste ich mit Fragezeichen versehen. Ich machte den Vermerk: *Das Verwandtschaftsverhältnis ist noch zu verifizieren.*

Fräulein Rita stand auf einem Schild an meiner Brust.

Es war meine erste Teilung. Ich empfing die Erben am Eingang des Rathauses von Appenzell. Wegen der Vielzahl der Geladenen musste unser Notariat den Akt im grossen Ratssaal durchführen. Dies war aussergewöhnlich. Schon das Prüfen der Familienpapiere bedeutete eine Herausforderung. Die Leute kamen aus abgeschiedenen Heemet der Wellenhügel in den Hauptort. Teilweise ohne einen gültigen Ausweis. Aber sie kannten einander und schworen bei allen Heiligen, dass ihre papierlosen Verwandten mit den Namen und Daten auf meinem Kontrollbogen übereinstimmen. Es gab in der Sippe der Räss auch Zellweger, Inauen, Fässler, Broger, Dörig und Koller. Die Töchter hatten in einheimische Familien geheiratet.

Ich erkannte die Mutter einer Schulfreundin und wusste, dass diese sehr jung nach Amerika gegangen und schwanger in die Heemet ihrer Eltern zurückgekehrt war. Anna ist ohne Vater aufgewachsen. Den Papieren entnahm ich, dass ihre Mutter Hulda Zellweger nie geheiratet hat. Sie war mit ihrem Bruder Hans zur Erbteilung gekommen. Die beiden wiesen sich als Nichte und Neffe der Verstorbenen aus.

«Sie war aber auch meine Gotte», erklärte mir Frau Zellweger. «Wir standen bis zuletzt in Kontakt.»

Nachdrängende stemmten ihre Arme auf meinen Kanzleitisch. Man hielt mir Ausweise vors Gesicht, schrie Namen und deutete auf eine Linie in meinem Kontrollbogen. Das Verifizieren bereitete mir Mühe. Ich kam ins Schwitzen. Die Mutter meiner Schulfreundin bemerkte das Zittern meines Stifts. Sie legte mir beruhigend die Hand auf den Arm und wich nicht mehr von meiner Seite.

Alle Personen waren festlich gekleidet. Eine Erbteilung ist ein wichtiges Ereignis. Die reiche Tante hat testamentarisch ihre ganze Verwandtschaft zum Hauptort verfügt. Unser Notar kannte die Verstorbene. Eine Dame, die gern mit grosser Kelle anrichtet. Aber auch in guten Verhältnissen lebte und ihr Geld, ohne hinzuschauen, nach links und rechts verteilen konnte. Anders als die Bewohner der Wellenhügel, die für ein anständiges Grab sparen. Und hoffen, sie können den Kindern ein paar Hosenknöpfe hinterlassen.

Die Geladenen waren aufgeregt.

«Ein trauriger Anlass, Fräulein Rita!», sagte eine ältere Stickerin, die vor dem Bauch den Bügel ihrer Handtasche knetete. «Aber die Tante kann sich jetzt nichts mehr kaufen.»

«Nein!» Ich nickte und lächelte, um sie zu ermutigen.

Ist es ihre Bestimmung, lebenslang jeden Batzen zu drehen?, habe ich mich gefragt.

Sind die Scherenschnitte von Tannen im Fensterausschnitt die Bestimmung dieser Leute? Das Geräusch von Klöppelhäkchen, Geissengeläut und Schnitzstichel? Die ehernen Regeln ihres Alpaufzugs? Der Tanz über den Glitsch der Nussschalen in ihrem Hof? Das Räpplern, Flicken und Kleider Nachtragen?

Ich habe die abgehakte Liste dem Notar übergeben und ihn informiert, dass die Erbteilung beginnen kann. Alle Erben sind anwesend. Alle sind pünktlich eingetroffen. Trotz ihres langen Wegs.

«Wenn sich der Himmel öffnet, um seine Gaben zu streuen, gibt es kein Zaudern und kein Zögern.»

«Fräulein Rita!»

Seine Mahnung war scharf, aber kurz. Der alte Fuchs war die unziemlichen Einwände seiner Grünschnäbel gewohnt. Die

Assistentinnen mussten noch sehr viel lernen. Mit Schamröte im Gesicht nahm ich, ausgerüstet mit Notizblock und Stift, am Kanzleipult Platz. Der Notar eröffnete die Erbteilung der Maria Antonia Räss, zuletzt wohnhaft in New York.

«Hocked zueni!»

Es gehört zur Aufgabe der Urkundsperson, die Geladenen über den Letzten Willen der Verstorbenen aufzuklären. Das Vermögen sollte zu gleichen Teilen an ihre Verwandtschaft übergehen. Ob die Einzelnen gut mit ihr standen. Oder schlecht. Ob sie sich zu Lebzeiten um die Verstorbene gekümmert oder ihr nie die Hand gedrückt haben.

Weiter wünschte die Erblasserin, diesen Anlass nicht als Teilungsakt zu betrachten, sondern als «Stobete».

«Plaudert! Schimpft! Singt! Vergoldet und verdammt eure Tante! Was immer ihr wollt. Im Hotel Hecht wartet ein Galadiner. Dort spielen Musikanten zum Tanz.»

«Sie war schon immer eigen, Fräulein Rita», gestand Hans Zellweger. Und seine Schwester Hulda ergänzte: «Anders halt. Besonders. Ein bisschen crazy!»

Die Stobete begann, ehe der Notar seine Rechtsbelehrung machen konnte. Er musste das muntere Geplauder mit Schellen der Klingel unterbrechen.

«Bei Abfassung des Testaments war Maria Antonia Räss bei voller geistiger Gesundheit. Sie war ledig. Es gibt keine direkten Erben. Pflichtteile sind also nicht zu berücksichtigen. Sie konnte frei über ihr Vermögen …»

Mitten im Satz flog die Tür auf. Zwei Herren betraten den Saal. Der elegante ältere Herr mit kreisrunder Glatze und schulterlangen Locken stellte sich als Manser Niko vor. Der Begleiter sei sein Anwalt. Er schwenkte unsere Einladung.

Ich suchte auf meiner Liste den fünfunddreissigsten Namen. Denjenigen mit dem Fragezeichen. Seine Papiere stimmten mit meinem Bogen überein.

Ich gab dem Notar mein Zeichen. Man sei komplett.

Manser war der Sippe bekannt. Er war über achtzig Jahre alt, führte aber noch immer einen Handel mit Wegwerftüchern. Ab und zu war er als Landsgemeinde-Redner aufgetreten. Im Säuglingsalter wurde er von einem kinderlosen Ehepaar adoptiert, das einen Stickkeller betrieb. Er ist mit der Verstorbenen zur Schule gegangen. Doch mit den Räss war er weder verwandt noch verbandelt.

Die Verärgerung der Familie war zu greifen. Alle starrten den Notar an. Auch mich starrten sie an.

«Wie kann ein Beliebiger mit Anwalt und Getöse in die Testamentseröffnung von unserer lieben Verstorbenen einmarschieren?»

Die beiden Herren machten mit Schulterzucken klar, dass die Meinung der Sippe sie nicht interessiert. Herr Manser schob seine Fingerspitzen unter die Klappe der Westentasche, füllte seine Brust mit einem tiefen Atemzug und sagte zum Anwalt:

«Die da halten sich für die Einzigen, ha!»

Tremolierend wie ein Operntenor fügte er bei:

«Mit dem Erbe von DENEN DA ist die liebe Maria Antonia verfahren, als werfe sie Chips auf Zufallsnummern quer über einen Casinotisch. Aber DIE DA merken es nicht. Ha!»

Sich nach allen Seiten hin verbeugend, spazierten die Herren mit schaukelnder Mappe zu einem Tisch in der Ecke.

Als Maria Antonia auf dem Grüt geboren wurde, machte Niko im Haus seiner Adoptiveltern die ersten tapsigen Schritte in Obhut seines Kindermädchens. Xaveria und Baptist Manser waren rund um die Uhr in ihrem Webkeller beschäftigt. Ihr Auftragsbuch war voll.

Im Jahr 1900 wird Europa noch von Monarchen beherrscht. Die Aristokratie hüllt sich in hochwertige Stickereien. Die Ostschweiz ist für ihre duftigen Spitzen berühmt. Der Bedarf scheint unstillbar. Broderiehäuser vergeben Heimarbeit. Die Familien sticken, und die Kinder fädeln.

Auch das Grüt gehört zu diesen Heemet. Die Räss halten einige Geissen, Schafe und Hühner. Und im Stall steht eine Milchkuh. Sie ernähren sich vom eigenen Gemüse, Obst und Nüssen. Natürlich hütet ein Sennenhund mit dem Namen Bläss den Hof. Die Stickenden nutzen das Licht der Reihe ihrer Sprossenfenster. Von dort überschauen sie den Garten mit dem Nussbaum, die Obstbäume auf der Weide und den im Föhrenwald verschwindenden Schotterweg zu den anderen Heemet. In der Ferne verblasst eine Staffel welliger Hügel.

Auch auf dem Grüt führt man Stickaufträge aus. Die Frauen kommen mit Häkeln, Sticheln und Säumen kaum nach. Als die Vierjährige ihren ersten Seidenfaden durchs allerfeinste Nadelöhr zirkeln kann, wird sie von Baptist und Xaveria Manser zum Fädeln in den Webkeller geholt.

Ein hungriges Maul weniger am Familientisch.

Bei Mansers führte eine Handstickmaschine Bestellungen aus. Doch die Webmaschinen benötigten Einfädler. Nadeln können brechen und Fäden verquirlen. Eine «Rittmeyer» muss rund um die Uhr im Takt klopfen. Sie folgt der Designerzeichnung. Diese ist das Werk eines Ornamentkünstlers, der nicht nur die Moderichtung der Epoche beherrscht, sondern eine vielseitige Ausbildung vorzuweisen hat. Das Dessin wird im Auftrag eines Broderiehauses vom Fergger überbracht. Zum Verhandeln gehört Geschick. Fergger bezahlten nicht nach Stunden, sondern nach Anzahl der fehlerfreien Stiche. Sie fanden immer einen Makel, um den Preis der fertigen Ware zu senken. Die Zeichnung hängt in Augenhöhe des Stickers an der Kellerwand. Er führt die Webmaschine in die richtige Position. Dann beginnt er, den Wagen mit den Nadeln hin und her zu schieben. Der Pantograf tastet das Ornament ab und überträgt es in sechsfacher Verkleinerung auf den Stickboden.

In Mansers Webkeller arbeitet Baptist als Sticker an der Maschine. Seine Frau Xaveria verhandelt mit den Ferggern und überwacht die Nadelmalerei. Das Paar versuchte, auch den sechsjährigen Niko im Webkeller zu beschäftigen. Er war aber zu wild und taugte weder zum Fädeln noch zum Austauschen gebrochener Nadeln. Verletzte sich an den Nadeln und verschmierte den kostbaren Stoff mit Blut. Einmal musste Xaveria ihren Buben unter dem fahrenden Nadelwagen hervorreissen.

An seiner Stelle fädelt nun die Kleine vom Grüt.

Fädeln klingt nach einer einfachen Beschäftigung. Es bedeutet aber, dass ein kleines Mädchen beim ersten Hahnenschrei loszottelt, um in einem entlegenen Webkeller bis zur Dunkelheit den Faden durch dreihundertzwölf doppelöhrige Nadeln zu ziehen. Damit die Maschine störungsfrei funktioniert, muss flink gearbeitet werden. Pausenlos. Stunde um Stunde.

Maria Antonia war gelehrig und schlau. Am Ende der vierten Arbeitswoche streckte sie die Patschhand aus und rührte sich im Webkeller nicht vom Fleck, ehe Baptist einen Batzen hineingeknallt hatte. Fürs Grüt war das nur ein Tropfen auf einem heissen Stein.

Im klirrend kalten Dezember setzte die Kleine sich neben der Rittmeyer auf den Kellerboden und streckte Baptist die blau gefrorenen Füsse unter die Nase.

«Wünscht das kleine Fräulein eine Wärmflasche? Ein Kissen im Rücken?»

Baptists Stimme vibrierte wie eine Fladdersäge im Grütwald. Und sein Geissbart kitzelte die Zehen des Kinds.

Ihre Gotte habe dies nie vergessen. Hulda Zellweger erklärte mir, dass diese später immer fröstelte. Ihren frühen Jammer gestand sie sogar ihrer Freundin Coco Chanel in Paris. Zuvor hatte sie dort einen gefütterten Mantel vom Laufsteg weg gekauft und sich zur Verblüffung der Zuschauer unverzüglich darin eingehüllt.

Sie war unfähig, ihr Frösteln zu erklären. Mit klappernden Zähnen brachte sie drei Worte heraus. Eisfüsse – Fladdersäge – Geissbartgekitzel.

Bei den Mannequins stiess der kurze Unterbruch ihrer Modenschau auf Verständnis. Sie sind oft extremen Temperaturen ausgesetzt. Coco reichte ihrer frierenden Kundin den Muff nach, der zum Mantel gehörte. Von diesem Tag an bot das Haus Chanel ihrer kälteempfindlichen Kundin den wärmsten Platz an der Modenschau.

Die kleine Fädlerin sei am nächsten Tag mit der vierjährigen Rosa zum Webkeller zurückgekehrt. Die zwei stellten sich mit gegrätschten Beinen vor den Pantografen und hielten eine Schiefertafel in die Höhe. Darauf stand in Kreide die Ziffer der geschuldeten Batzen für ein Schuhpaar.

Ehe Baptist losdonnerte, führte Frau Xaveria ihn am Ärmel zur Seite. Sie wusste, dass beide Mädchen schon ein Plattmuster von der ersten Ranke bis zur letzten Blüte durchsticken können. Sie hatte gehört, dass die beiden sogar Wäsche-Initialen anfertigen und ins Ausland verkaufen. Ihr war auch nicht entgangen, dass ihre Fädlerin die Tage bis zum Schuleintritt an den Fingern abzählte. Sie bat Baptist, seinen Kopf zu nutzen, bevor er zwei kleine Mädchen wie ein Ochs zusammenbrüllt.

Ihm blieb nichts anderes übrig, als diese Holzschuhe zu kaufen. Er gab aber acht, dass die Kleine dieses Schuhpaar jeden Abend auf dem Kellerboden stellt. Und nicht etwa auf den Schotterweg zum Grüt ihre Gummisohlen abnutzt.

Das Unternehmerpaar habe die obligatorische Schulpflicht aus dem Gedächtnis gebannt.

«Sie ist zu klein! Kann kaum über die Maschine schauen. Der Winzling dient uns noch ein paar Jahre.»

Eine andere Zeit!

«Besser, Frau Zellweger?», fragte ich. «Oder schlechter?»

Vor hundert Jahren hat in ländlichen Gegenden eine misstrauischere Haltung zur Bildung geherrscht. Für seinen Hungerlohn musste der Dorfschullehrer nicht nur unterrichten, sondern die Schulpflicht auch durchsetzen. Von ihm wurde erwartet, dass er die Wellenhügel durchkämmt und störrische Eltern zum Schulbesuch der Kinder überredet. Dass er die Siebenjährigen aus den Webkellern sammelt und in die Schulbank bugsiert.

Baptist befahl seinem Zwerg, sich hinter die Rittmeyer zu ducken. Sobald er durch die Zahnlücke zischelte, habe sich sein Winzling verborgen.

Dafür wurde Niko ein Abc-Schütze. Schon am ersten Schultag zeigte er den Fädlerinnen seine Überlegenheit. Durch den Webkeller rennend, rammt er ihnen den Schulsack in die Kniekehle. Aber auch im Schulhaus gibt er den Ton an. Im Handstand hüpft er Kehre um Kehre die Treppe hinauf und vollführt vor dem Klassenzimmer einen Überschlag. Falls ihm danach ist, bringt er auch die letzten Meter zum Pult auf einer Hand hinter sich.

Von Viehtreibern liess er sich beibringen, wie ein Ochsenziemer zu handhaben ist. Es gelang ihm schon bald, mit einem Schwung die Seilspitze um Xaverias Blumentopf zu ringeln und vom Fensterbrett zu reissen.

Er wird zum Clown der Gesamtschule. Die Schüler treten zurück, wenn Niko im Rhythmus seiner Peitschenhiebe in den Schulhof einmarschiert. Das Abc aber lockt ihn nicht. Er starrt lieber aus dem Klassenfenster.

Vor Beginn der Sommerferien schrieb sein Lehrer für jeden Schüler ein langes Wort an die Tafel. Die es lesen können, dürfen das Wort mit dem Schwamm wegwischen und ins Freie witschen. Beim Einbruch der Dunkelheit ist Mansers Niko noch als Einziger am Pültchen gehockt. Auf die unbegreiflichen Zeichen starrend, hat er den Lockenkopf von einer zur anderen Seite gelegt.

Er durfte trotzdem in die Ferien.

Den Sommer nutzte er zum Peitschen und zur körperlichen Ertüchtigung. Bei Beginn des neuen Schuljahrs vermochte er alle Stufen mit nur einer Hand zu überhüpfen. Im Klassenzimmer legte er ein Dutzend gespitzte Farbstifte aufs Pult, faltete die Hände und schaute aus dem Fenster. Vögel umschwirrten den Garten des Lehrers und pickten sich durch die Beete.

Dieses Bild inspirierte ihn. Er sauste in der Pause auf dem

Handlauf zum Schulhof hinab. Der Ochsenziemer hing ihm um den Hals. Er trat vors Gemüsebeet und begann, die Seilspitze zu schwingen. Erst zupft er einen Salatkopf aus, dann einen Sellerie, danach die Lauchstängel, einen nach dem andern. Er peitscht sich durch alle Pflanzreihen. Als die Beete abgeerntet sind, nimmt er sich das Abort-Häuschen vor. Den Herzausschnitt der Bschüttlochtür trifft er mit einem einzigen Schwung. Die Seilspitze kracht mitten durchs Herz, und der Lehrer stolpert, unter dem Gelächter der Schüler, mit heruntergelassener Hose über den Pausenplatz.

Mutter Xaveria war stolz. «Ein Hansdampf in allen Gassen. Von wem er diese Kunstfertigkeit nur hat?»

«Ist er nicht etwas allzu wendig?» Baptist führte Niko nun jeden Sonntag am Genick zur Männerbank in der Kirche von Eggerstanden, zu der auch das Grüt gehörte.

Er absolvierte die Primarschule als Clown und musste trotz Leseschwäche keine Klasse wiederholen.

Die Räss haben sich wegen des verlorenen Schuljahrs der Kleinen keine Sorgen gemacht.

«Sie ist winzig. Sie ist klug. Sie holt auf.»

Die Flegeleien von Niko quittierte ihre Familie mit hochgezogenen Brauen.

«Maria Antonia wächst. Sie wird lernen, sich zu wehren.»

Auch ihre Schwestern Katri, Rosa und Mili waren kunstfertige Stickerinnen. Die Brüder Alois und Sepp karrten die Molke der Geissen zum Kurbad. Sie waren Schöttler. An mondänen Orten badeten die Gäste gern in Geissen-Schotte. Fürs Trinkgeld kauften die Burschen Leder, Silberdraht und Messingplatten. Am einen ihrer Ohren pendelte immer ein Goldlöffelchen. Sogar an Vaters ziseliertem Deckel der Tabakspfeife mit dem Namen «Lindauerli» hing ein Silberkettchen.

Von den Räss wird behauptet, sie hätten einen schlauen Kopf, geschickte Hände und wären fleissig. Sie sticken, nähen, raspeln, kerben, malen Miniaturen, stanzen Kühe aus Messing und nieten diese auf Ledergürtel. An Festtagen zeigen sie sich mit dem selbst gemachten Schmuck. Die feinen und winzigen Wunderwerke werden auch verkauft. Im Hauseingang der Heemet werden sie dekorativ ausgebreitet. Betritt ein auswärtiger Händler das Haus, muss er unter der niederen Decke den Kopf einziehen, das filigrane Handwerk in gekrümmter Haltung begutachten und tief gebückt das geschuldete Geld in die Hand eines Räss zählen.

… der dabei in sich hineinlacht.

DER ERBSCHLEICHER

Die Erben verwandelten den Rathaussaal mit ihrem Geplauder, Gelächter und Umherwandern in eine Stobete. Herr Manser und sein Anwalt waren abseits ins Studium ihrer Akten vertieft. Zwischendurch stiess ein Räss den andern an und deutete zur Ecke. Das Wort *Erbschleicher* fiel. Und jemand wieherte zur Rathausdecke.

Der Tisch mit den persönlichen Gegenständen der Verstorbenen lag noch im Dunkeln. Er zog die Erben magisch an. Ein Seidentuch bedeckte die Dinge. Unter der Hülle zeichneten sich Buckel ab. Auf Wink des Notars zog ich das Tuch weg. Der Tisch war von Porzellan, Briefbündeln, Fotobüchern, Souvenirs, einer vernagelten Kiste Dom Pérignon Champagner von Moët, Handtaschen und Gerätschaften übersät.

Ein Teil der Hinterlassenschaft bestand aus Schmuck. Später sah ich nie wieder so viele Preziosen auf einem Kanzleitisch. Ihr Wert überstieg die landläufige Vorstellung von privatem Schmuck. Ortsansässige schaffen sich einmal im Leben ein Kettchen mit Anhänger, einen Ehering, eine Uhr oder Brosche an. Nur die Trachten werden mit viel filigranem Schmuck behängt. Doch die Familien stellen diesen selbst her.

Die Erblasserin soll eine kleine Person gewesen sein. Unter den Verschwenderinnen muss sie aber zu den ganz Grossen gezählt haben.

«Sie war verrückt nach Schmuck», erklärte mir die Mutter meiner Schulfreundin. Trug Ringe mit riesigen Steinen auf den Madonnenhänden. Top-Wesselton Brillanten, Rubine, Saphire, Smaragde, das ganze Edelstein-Sortiment hat auf den zarten Fingern geglänzt.

Ich habe den Elektroschalter betätigt. Das aufflammende Licht erstickte das Geplauder.

Juwelen für alle.

Ich sah die Angehörigen erschauern. Sie brachten kein Wort heraus. Konnten nicht einmal flüstern. Ergriffen vor Andacht, geblendet vom Funkeln der Facetten, neigten sie den Oberkörper weit vor. Glitzernde Speichelfäden rannen aus offenen Mündern.

Et voilà! Der Schmuck der Tochter des Geissenbauern.

Die Erben überschlugen im Kopf die Anzahl der Schatullen und multiplizierten die Steine mit ihrem ungefähren Karatwert. Dutzende Male umrundeten sie den Preziosen-Tisch.

Vierunddreissig Neureiche.

Sie schieben sich Ringe mit Steinen, gross wie Zuckerwürfel, über die Finger und wimmeln damit im Fensterlicht. Man klatscht eine klotzige Brosche an die Brust. Oder spaziert mit einem Diadem im Haar umher. Einige Verwandte haben eine Lupe mitgebracht und suchen den Silberstempel des Bestecks, das sie sorgsam der samtenen Mulde entnommen haben. Taschenspiegel blinken auf. Man will wissen, wie einem das Gependel eines Ohrgehänges steht und welcher Edelstein zum Hauttyp passt.

Pause fürs Notariat.

Mein Chef, der alte Fuchs, zeigte keine Regung. Er wusste, dass es dauert, bis die Erben nun wieder in die Stobete zurückfinden. Aber ich, sein Fräulein Rita, wetzte mit der Mutter meiner Schulfreundin auf der Suche nach den schönsten Stücken umher.

«Anna wird entzückt sein! Der Top-Wesselton wird ihr stehen.»

In seiner Ecke liess sich der alte Herr vernehmen.

«Als würden Geissenbauern viel von Gemmologie und wertvollen Seltenheiten verstehen. Ha!»

Sein Spott schien die Stöbernden nicht zu stören. Diese waren mit Inspizieren beschäftigt, mit An-sich-Reissen, Ausscheiden, Weiterreichen, Beäugen, was andere raffen.

Ich hörte sie scherzen:

«Aber wie sieht das denn aus, meine Liebe?! Im Nest deines Zwirbelhaars?! Neben dem Diamanten in deinem Nabel? An deinem Speckfaltenhals?! Beim Melken der Geissenzitzen?!»

Ich bemerkte gehässige Blicke.

Der Tanz um den Preziosen-Tisch wurde hektisch und wild. Beinah kriegerisch. Der Notar winkte mich an den Kanzleitisch zurück. An meinen Platz.

Die reiche Tante soll schön gewesen sein. Sie soll Bewunderer gehabt haben. Trug Designergarderobe und italienische Schuhe. Sie soll ihren Reichtum aber auch hemmungslos an der Nase ihrer armen Familie vorbeigezogen haben.

Es ist wahr, bestätigt der Notar.

Einen Teil des Schmucks hat sie zu Lebzeiten verschenkt. Hin und wieder liess sie eine Schatulle vor den Augen einer Stickerin aufspringen und ergötzte sich an ihrer Freude. Doch einen Kniefall hat sie von den Ihren nie erlebt. Die Leute in den Wellenhügeln brechen sich nicht die Zunge wegen eines Geschenks. Sie haben genug handwerkliche Fähigkeit, um sich ihren Trachtenschmuck anzufertigen. Und sie sind genügsam.

Hier kennt man nichts anderes.

Die Winter sind hart und lang. Die reiche Tante wusste das. Bronchitis und Erkältungen grassieren, Unfälle geschehen, und Epidemien fordern Opfer. Man hilft sich mit Hausmitteln. Ihre Familie gilt als robuste Rasse. Es musste so gut wie nie nach einem Arzt geschickt werden. Falls dies aber vorkam, war es schon fast zu spät.

Die Tochter des Geissenbauern hat ihre Herkunft nie vergessen.

Sie durfte das genagelte Familien-Schuhpaar anziehen, wenn sie in die Kälte musste. Sie wickelte Wadenbinden um ihre Beinchen und schlüpfte in den Wollumhang. Sie kam gut durch die Winter. Ihr Arbeitgeber hingegen wurde durch eine Grippe längere Zeit ans Bett gefesselt. Für die Kleine war dies ein Glücksfall, denn Xaveria hob sie kurzerhand auf die Rittmeyer, damit sie die Arbeit von Baptist fortsetze. Und diese bediente die Rittmeyer besser als ihr Arbeitgeber. Während er die Stiche abzählte, schaute die Kleine nur kurz auf die Vorlage, schnurpfte das Mäulchen und schob den Wagen von einer zur anderen Seite. Ihr dunkles Haar war im dünnen Nacken mit einem Schuhnestel zum Bausch gefasst, und ihre Beinchen pendelten in der Luft. Sie stickte das komplizierte Muster ohne Fehler.

Eine Fünfjährige ist ihr als Fädlerin zur Seite gestellt worden. Auch diesem Kind gelang es nach einigen Versuchen, den Faden in Sekundenschnelle durch die Nadel zu zirkeln und dann auf die Maschine zu stecken.

Mansers Rittmeyer war in der Hand von Kindern.

«In unserem Webkeller machen wir aus den Kröten etwas Nützliches.»

Das Unternehmerpaar hat sich damit gebrüstet. Es liess die Kinder acht bis zwölf Stunden im Webkeller arbeiten. Dass der Pantograf unter der Hand der Kleinen vom Grüt das Ornament exakter ausführte als unter derjenigen von Baptist Manser, wurde der vorbildlichen Lehrmethode zugeschrieben. Einer überaus familiären Atmosphäre im Webkeller. Da man fehlerfreie Stoffe liefern konnte, überschwemmten die St. Galler Broderiehäuser den kleinen Webkeller mit Aufträgen.

«Wir sind die Besten. Wir sind gut im Geschäft!»

Baptist Mansers Selbstlob war in den hintersten und letzten Heemet zu vernehmen. Ihm schallte das Echo vom Landsgemeinde-Platz entgegen, als er sich mit dem Degen der Vorfahren im Ring unter die Männer mischte, um mit Handheben über die Angelegenheiten von Appenzell abzustimmen. Manch einer lüftete vor ihm den Fladenhut.

Diese Ehrerbietung brachte ihn auf die Idee, es künftig im Webkeller so richtig krachen zu lassen. Er heckte eine Art Masterplan aus.

a) Wie viel beträgt der Gewinn, falls die Maschine zwölf Stunden am Tag arbeitet?

b) Falls mehrere Rittmeyer Tag und Nacht durcharbeiten?

Er versprach Xaveria ein elektrisches Nachttischlämpchen. «Mein Goldstück wird den Arm aus dem Ehebett strecken, um einen Schalter anzuknipsen.»

Arbeiter mit schwerem Werkzeug rückten an. Sie befreiten das Untergeschoss von seinen Zwischenwänden und senkten den Lehmboden ab, denn Innerrhoder-Raumhöhe ist nicht für Pantografen berechnet. Auf den Einbau von grösseren Fenstern wurde verzichtet. Man beliess es bei den Scharten. Das Paar fand, die alte, wassergefüllte Glaskugel der Dielehex könne auch künftig als Verstärkung des Beilichtstocks dienen. Als Frischluftzufuhr wollte man die Tür des Webkellers öffnen.

Ein Ochsengespann zog zwei neue Rittmeyer vors Giebelhaus. Baptist war nun ein Stickerei-Fabrikant mit drei Pantografen. Er benötigte das Dreifache an Personal. Aber Manser verschuldete sich. Verstand es aber, die Ausgaben zu drosseln. Und seine Frau Xaveria hatte die Verköstigung der Winzlinge im Griff.

«Maria Antonia schaut zwar erstaunt, wenn ich ihr nur Dörrschnitze und Nüsse in die Hände lege. Aber so schaut sie ja immer, Baptist.»

Ich sah verstohlen auf die Uhr. Die Sippe verplauderte im Rathaus die Zeit.

Ich gab dem Notar ein Zeichen der Ungeduld. Doch dieser war nicht der Meinung, dass die Leute ihre Zeit vergeuden.

«Sie teilen das Blut, die Sorgen und das Erb. Sie sind hier aufgewachsen und verbringen zusammen ihre guten und schlechten Tage. Was bindet denn an einen Ort, wenn nicht die Menschen, mit denen man lebt. Die wir trösten, pflegen und irgendwann zu Grabe tragen?»

Der Notar erwartete keine Antwort von seiner blutjungen

Assistentin. Mit verschränkten Armen lehnte er sich ans Pult zurück zum Zeichen, dass Notare alle Zeit der Welt haben.

Für die Bewohner der Wellenhügel war Mansers Webkeller ein gut erreichbarer Arbeitsplatz. In den verstreuten Höfen purzelten viele talentierte und hungrige Kinder durcheinander. Und Baptist benötigte nach dem Anschaffen der Rittmeyer mehr Sticker und Fädler.

Katri, die Älteste der Räss-Schwestern, bekam einen Lachanfall, als der Herr Fabrikant im Grüt auf der Fussmatte stand und mit dem Fladenhut einen Schweif durch die Luft zog. Mili, die Jüngste, hing an ihrem Rockzipfel. Er schlug vor, dass Maria Antonia einige Stunden länger im Webkeller verbringt. Sie darf Rosa mitbringen. Bald sei auch Mili so weit.

«Das Bedienen der Pantografen ist für eure Rasselbande keine Hexerei. Auch nicht das Lesen einer Designerzeichnung. Je früher die Kinder zu fädeln anfangen, desto rascher kommen sie in der Branche voran. Welches Mädchen wünscht sich nicht eine Jumeau-Puppe mit blauen Schlafaugen? Oder seidene Haarbändel? Schuhe für den Tiefschnee? Von einem Zustupf fürs Grüt nicht zu reden. Oder zieht ihr vor, für die Kinder an der Milch zu sparen, weil es lohnender ist, die Molke eurer Geissen zur Kuranstalt Weissbad zu bringen, damit sich die ausländischen Adligen in der Schotte schön und gesund baden?»

Katri streichelte Milis Haar und holte Atem:

«Wo ist die Puppe für deine Fädlerin? Der Seidenbändel für ihr Haar? Kinder sollten nicht in nüchtelnden Webkellern im Licht der Dielehex einer Maschine zudienen und frieren. Sie sollten unter dem Nussbaum spielen. Deine paar Batzen, Baptist, reichen für einen Flicken aufs abgetragene Fähnchen der Kleinen. Aber nicht für Medizin und den Doktor, wenn jemand krank wird. Die Kleine hat noch nie eine Puppe in den Armen gewiegt. Stattdessen hockt sie den ganzen Tag und halbe Nächte frierend in deinem Webkeller. Danach weint sie sich in den Schlaf und hat schlechte Träume. Sie kann nie durch den Beerengarten toben. Doch sie möchte, wie dein Sohn Niko, im Trommelwirbel des Kinematografen die Filmaufführung bestaunen, muss aber deiner rumpelnden Stickmaschine zudienen.»

Baptist klaubte mit spitz zugefeilten Nägeln eine Fluse vom Filz des Huts und meinte, dass im Grüt schon die Kleinsten sticken, als wären sie Erwachsene. Bei ihm hätten sie es besser. Das Fädeln sei ein Kinderspiel. Es wird nur erwartet, dass die Winzlinge mit sauberen Pfötchen antreten und nie mit blutigen Tappen das kostbare Gewebe versauen.

Da Katri schwieg, erinnerte er an die Not im Grüt und Mansers liebevollen Umgang mit den Kindern.

«Wir tun alles, damit aus ihnen etwas Gescheites wird.»

«Ihr presst die letzte Kraft aus den erschöpften Kindern. Ihr wringt sie wie Putzlappen aus.»

Disziplin sei notwendig, fand Baptist. «Im Leben gibt es Regeln, Katri!»

«Auf dem Grüt gilt nur eine Regel. UNSERE. Maria Antonia geht zur Schule! In deinen Holzschuhen, Baptist!»

Im Webkeller musste Xaveria ihren herumtigernden Mann beruhigen. «Es gibt genug Einheimische ohne Rauch und grosse Lafette. In den weit verstreuten, abgelegenen Höfen wimmelt es von geschickten und ewig hungrigen Kindern. Wir holen uns die willigsten und besten.»

Sie beruhigte auch die drängelnden Fergger. «Die Aufträge werden so rasch als möglich ausgeführt.»

Die Familien schickten ihre Jüngsten. Diese zerschlissen sich die nagelneuen Schuhe auf dem geschotterten Weg zu Mansers Webkeller. Jede Rittmeyer verrichtete die Arbeit von dreissig Heimstickerinnen. Die Fabrikantenfrau konnte am Abend ihre elektrische Lampe anknipsen, und ihr Herr Gemahl spazierte in einem hohen Hut zur Sonntagsmesse. Wenn er im Hauptort auftauchte, glänzte sich manch ein Bürger die Schuhspitzen mit Speichel. Selbst in der Stadt der vornehmen Broderiehäuser zogen Händler und Fergger zum Gruss den Hut.

Die Erinnerungen seines Adoptivsohns Niko Manser reichten bis zur Blütezeit des Webkellers zurück. Mutter Xaveria drapierte jeden Tag ein Mouchoir in seiner Brusttasche. Sie meinte, ein Sohn aus bestem Haus dürfe seine Finger nicht zum Schnäuzen benutzen. Der Vater Baptist lehrte ihn Schneid.

«Ich schlug die Absätze zusammen wie ein Preuss.»

Bei der Räss-Sippe sorgte diese Erinnerung für Gespött. Unter den Schülern von den Wellenhügeln war Niko der Geschniegeltste. Das Kunststück des Lesens aber wollte ihm erst spät gelingen.

«Ich hasste Wortübungen auf der Kreidetafel. Ich hasste die weibische Art, wie unser Lehrer die Kreide geziert in zwei Fingerspitzen hielt, um einen Punkt in die Luft zu bohren, während er aufs Buchstabieren wartete. Dieser grazile Punkt bohrte sich wie ein Dolch in meine Brust.»

Im letzten Schuljahr habe Niko mit versteinerter Miene seine Geissel unter dem Hosenboden vorgezogen und dem Lehrer das Kreidestück aus den Fingerspitzen gepeitscht. Dann holte er mit einem kleinen Ruck der Seilspitze den tropfnassen Schwamm von der Wandtafelleiste und klatschte auch diesen dem Lehrer ins Gesicht. Danach schlug er die Absätze zusammen wie ein Preuss, verneigte den Kopf und ging in die Ferien.

Die Eltern malten sich die Zukunft ihres Sohns in den schönsten Farben aus. Ein Hauslehrer bringt ihm das Lesen von bedeutenden Werken bei. Er wird in St. Gallen studieren. Und in den Ferien reist man zusammen ins Kurhaus Weissbad.

Für die Bewohner der Wellenhügel waren diese Ferien ein Thema für ihre Stobete. Denn Mansers bestellten eine Störschneiderin, einen Schuh- und einen Handschuhmacher ins Haus und liessen sich eine Garderobe fürs Nobelhotel anfertigen. Dies sorgte für Unterhaltung. Man schlug sich lachend auf die Knie. Ihre Stobeten endeten mit dem Satz: «Sie hend's halt ond vemögid»s.»

In jenen Jahren verkehrte im Weissbad die Hochblüte des europäischen Adels. Reichtum und Macht tanzten im Empiresaal einen nie endenden Walzer. Es gab die berühmten und begehrten Molkenbäder. Schotte von einheimischen Geissen wurde stärkende Heilkraft zugeschrieben. Es heisst, ein Vollbad bringt Tuberkulose, Gicht und Übellaunigkeit zum Verschwinden.

Die Bevölkerung hatte andere Träume. Viel Molke im Euter gesunder Geissen, fettes Weideland, Sticknadeln aus bestem englischem Stahl, gelingende Scherenschnitte, scharfkantige Sägeblätter, reiche Obsternten, gut streichbare Farbe für die Fensterladen. Kein Hagel zur Unzeit. Und Fergger, die sich den Weg zu den verschneiten Höfen bahnen.

Man stickte, stanzte, schnipselte, punzte und bemalte jedes Brettchen, das aufzutreiben war, mit dem Ausschnitt der Welt im Blickfeld.

Im Pass war Anna Marias Grössenmass mit 1.47 m vermerkt. Sie hätte in einen Kindersarg gepasst, wenn ihr der Sinn nicht nach Prunkvollerem gewesen wäre.

Kleinwuchs ist in der Region üblich. Man ist stolz über diese Besonderheit. Wir sind ins Kleinräumige, Winzige und Geordnete hineingewachsen. Während andere halt klotzen, ihre Umgebung ersticken und überwuchern. Seppetoni und Katri Bischofberger traten als kleinstes Geschwisterpaar erfolgreich an Jahrmärkten auf. Die sieben Zwerge aus Oberegg bleiben unvergessen. Die Wachstumsstörung wurde mit jodiertem Salz behoben. Aber in den wenigsten Heemet sind die niederen Decken angehoben worden.

«Es ist kein Wunder, dass die Kinder in euren niedrigen Zimmern das Gehen in gebückter Haltung lernen», habe Jungfer Babette von der Post zu Katri Räss gesagt, als sie im Grüt Pakete durch den Hausgang schleppen musste.

«Aber ihre Träume haben Übergrösse», hat Katri augenzwinkernd ergänzt.

Für Mansers war der Aufstieg kein Honiglecken. Der Webkeller hatte Konkurrenz durch Heimsticker. Das Paar genoss Ansehen, zählte aber nicht zur Oberschicht. Überschritt jedoch eine Schwelle, als es sich ins Weissbad kutschieren liess. Frau Xaveria im Fischbeinmieder mit Brustvorbau und Wespentaille. Ihr Mann Baptist wie ein besserer Herr mit goldener Uhrkette am cremeweissen Leinenanzug.

Die Räss-Brüder lachten schallend, als sie Madam in Schuhen aus Wichsleder, mit einem Bildmedaillon von Baptist auf dem Verschluss, durchs luxuriöse Ambiente der Belle Époque trippeln sahen. Sie wirbelte ein Sonnenschirmchen über der bombastischen Hochfrisur. Die Spitzen an ihrem Ausschnitt waren genauso üppig wie die Spitzen am Ausschnitt der Damen von Adel. Der Schulterpelz war etwas mottenzerfressen, aber von Weitem fiel dies kaum auf. Das Personal knickste. Der Direktor verteilte Handküsse. Baptist schwang den Herrschaften zum Gruss seinen hohen Hut, Xaveria verneigte sich nach allen Seiten. Und Niko liess nach jedem Bückling die Flut seiner Ringellocken auf die massgeschneiderten Schultern stürzen.

«Der Bub macht den Kratzfuss wie ein Erbprinz», berichteten im Grüt die Brüder Räss.

Vierzehn Tage lang genoss die Familie das elektrische Licht im Zimmer, die Wasserklosetts auf allen Gängen und das Bad in der lauen Molke der Geissen vom Grüt. Auf Spaziergängen und an Soireen parlierten Mansers mit dem europäischen Adel auf Augenhöhe. Namen, die den Zeitenlauf der Geschichte bestimmten, gingen dem Paar leicht über die Lippen. Im Ballsaal zeigte sich Baptist mit einer Zigarette zwischen den Fingern, die ihm als hochwertige Tschok-Yasa angepriesen worden war. Und Xaveria fächelte die Andeutung von zwei entblössten Brusthügeln.

«Wir sind angekommen!» Mit Glockenlachen rollte sie sich in Baptists Arm.

Ein Augenblick des Glücks.

Die Familie Manser musste auf den geschotterten Kehren nach Hause zurück. Zu den Gläubigen in der Kirche von Eggenstanden. Zu den Regeln des Webkellers. Dem Vierundzwanzig-Stunden-Schnarren der Rittmeyer. Dem flackernden Beilicht, in dem nicht nur Fädlerinnen, sondern auch Baptist und Xaveria sich die Augen verdarben.

Der Kuraufenthalt änderte nichts in ihrem Leben.

Sie wurden wieder ein Aufpasser-Paar. Ärgerten sich über Gören, die darauf brannten, die teuren Schuhe auf dem Schotter der Wellenhügel zu zerschleissen. Nur den Fladenhut hat Baptist für die Sonntagsmesse mit dem hohen Hut vertauscht. Und Xaveria stöckelte in ihren komischen Abziehbild-Schuhen durchs Kirchenschiff.

An der Alpauffahrt klatschten sie mit den anderen Bewohnern am Wegrand, sahen sich aber immer wieder um, ob etwa ein Winzling aus dem Webkeller herauswitsche, um die eigene Familie und Tiere beim «Öberefahre» zu bewundern.

Von der Familie erinnert sich niemand, jemals eine Alpauffahrt verpasst zu haben. Die appenzellische Tracht zählt zu den reichsten und aufwendigsten Schweizertrachten. Für die Auffahrt flicht jeder Senn schönere Blumenkränze, lässt mehr bunte Bänder am Hut flattern und treibt üppiger geschmücktes Vieh zur Alp. Die Ketten am Mieder der Frauen klirren. Spitzen umschliessen den Ausschnitt. Die Messing-Brustplatten der Sennen blenden. Jedes Hofgeschirr hat seine besondere Schnitzerei. Die Harmonie des Dreiklangs der Schellen soll vor Streit und Unglück schützen. Die Zusammenstellung des Zugs ändert sich nie. Die Alpauffahrt soll ein Inbild fürs Immerwährende sein. Halt und Trost geben. Das ewig gleiche Ritual muss den beängstigenden Veränderungen Paroli bieten.

Die Winzlinge hatten während der festlichen Auffahrt einer ratternden Maschine zuzudienen. Sie haben in die Fadenrollen hineingeweint.

Maria Antonia bewunderte die Fergger. Diese hatten die Macht, das Fabrikantenpaar wieseln, buckeln und das Gloria der Kunst ihres Webkellers singen zu lassen. Wenn die Fergger ausser Hörweite waren, begann das Paar zu zetern, weil die Zwerge ihre Gewebe verpfuschen, versauen und zu Lumpen entwerten. Der Winzling vom Grüt schwor, später Ferggerin zu werden.

Das Lernen fiel ihr leicht. Sie war die Schnellrechnerin der Gesamtschule. In der Freizeit stickte sie. Nichtstun ist für die Räss eine Schande. So unvorstellbar, dass gebrechliche oder alte Angehörige sich nicht mehr vors Haus tragen lassen. Es sei ihnen «schemelig» ohne Arbeit draussen zu sitzen.

Frau Xaveria konnte die Kleine überreden, die Rittmeyer auch nach dem Schulunterricht zu bedienen. Niko machte Kontrollgänge durch den Webkeller. Beide Daumen in die Hosenträger gehängt, starrte er den Fädlerinnen so lange auf die Hände, bis sie den Faden nicht mehr durch die Öse zittern konnten. Zur Strafe versetzte er ihnen einen so kräftigen Kick mit dem Knie, dass die Fliegengewichte an die Wand klatschten.

Die Mutter meiner Schulfreundin war eine raffinierte Erzählerin. Sie hob ihre Stimme an, flüsterte, pausierte, nahm mich dabei scharf ins Visier und sprudelte los wie ein Wasserfall. Dazu zeichnete sie mit gelenkigen Fingern Luftbilder vor mich hin. Ich zweifelte nicht, dass Frau Hulda Zellweger den elegant gekleideten Herrn Manser sehr gut kannte. Denn sie war genau im Bild, dass er als Bub mit seinen Grobheiten eine Einzige aus der Fassung bringen wollte: die kleine Räss. Ihre Gotte.

Für die Barfuss-Göre vom Grüt existierte er nicht. Diese schenkte ihre Aufmerksamkeit der Rittmeyer. Schob den Wagen. Und machte ihr Müffchen.

Für sie war er Luft. Kann einer, der den Knicks eines Erbprinzen beherrscht, diese Missachtung auf sich sitzen lassen? Er lehnte sein Gesicht an die Designerzeichnung und ahmte das Müffchen nach. Die Rittmeyer stand sofort still. Die Kleine sah von ihrem erhöhten Sitz herab, dem jungen Herrn in die Augen. Ohne Wimpernschlag. Sekunden, Minuten, eine halbe Ewigkeit. Wie ein erschreckter Jungvogel, der sich aus dem Nest zu heben versucht, schlug er im Rücken die Ellbogen gegeneinander, tastete sich rückwärts Fuss um Fuss zur Tür. Und stürzte hinaus.

Zehn Jahre profitierte der Webkeller vom Talent seiner geschicktesten Arbeitsbiene. In der Umgebung entwickelten sich die Orte. Pläne wurden entworfen, umgestaltet und fallen gelassen. Menschen setzten ihre Idee auf ein Podest und beugten davor das Knie.

«Wir nennen das Fortschritt, Fräulein Rita!»

Leute ändern ihre Gesinnung. Sie verbünden und verfeinden sich. Vielleicht ändern sie sich nur peu à peu. Bekommen den Blick von Geiern oder Lämmern oder von Leere. Sie lassen sich von einer Idee treiben. Oder im Gegenteil, sie haben nie eine Idee. Ab und zu gerät etwas aus den Fugen. Und plötzlich erbebt die Welt.

Es war die Rede von Krieg.

Draussen. Nicht hier bei uns. Wo Stickaufträge sich türmen. Hochkamine aus dem Boden schiessen und Schienen für die Dampfeisenbahn gelegt werden. Ein Ende der Nachfrage war undenkbar. Die Stickerei-Handelshäuser wurden prunkvoll mit Erkern ausgebaut. Die Kinder der Fergger und Schöttler besuchten die Hochschule. Und die Stadt der vornehmen Broderiehäuser erliess eine Verlautbarung:

«Die Welt orientiert sich an den Bedürfnissen der Pariser Haute Couture und verlangt nach komplizierten und kostspieligen Kreati-

onen. Unser Wirtschaftszweig ist im Begriff, St. Gallen zu einer der reichsten Städte der Schweiz zu machen.»

Die Räss glaubten, an diesem geheiligten Ort würde sich fortwährend alles zum Besten ändern.

Jungfer Babette von der Post verkörperte den Fortschritt auf dem Land. Sie machte keine Fussmärsche mehr, sondern trat die Pedalen eines neuartigen Velozipeds, um Depeschen im Eiltempo zuzustellen. Der Kinematograf tauchte in den Wellenhügeln auf. Vor den Heemet warf der Apparat bewegte Bilder auf ein gespanntes Leintuch. Leute zappelten zur Pianomusik von einer Saumkante zur anderen, verwarfen ihre Arme, strichen den Vollbart und rollten dazu die Augen. Noch in den abgelegensten Heemet liessen Familien sich vom Störfotografen ablichten. Samt Zugpferd, Kuh, Geissbock, Katze, Hahn und natürlich dem Bläss.

Ein jedes Kind mit Schuhen an den Füssen.

Federvieh wurde von den Strassen verbannt. Das Schlachten der Schweine auf öffentlichen Plätzen verboten. Man wählte dynamische Männer mit klarem Programm in die Regierung.

Zum ersten Mal fiel Mansers Name in der breiten Öffentlichkeit. «*Niko, unser neuer Mann*!»

Das Neueste vom Neuen waren Schifflistickautomaten mit Lochkarten. Sie konnten die Produktion der Spitzen vervielfachen. Die mühsame Handarbeit des Nadeleinfädelns wurde überflüssig. Die Räss vom Grüt und ihre weitverzweigte Verwandtschaft waren der Überzeugung, dass sie kein Kind mehr in einen Webkeller schicken.

DIE SCHAUSTICKERIN

Wann hat der Aufstieg der Tochter des Geissenbauern begonnen?

Am Tag, da sie zur Schaustickerin gewählt worden ist? Die Wahl galt als Auszeichnung. Nur die hübschesten und geschicktesten Stickerinnen gehörten zu dieser Gilde. Mit sechzehn Jahren durften Mädchen einen Pass beantragen. Dieser gab ihnen die Möglichkeit zu einer Kursaison im Ausland.

Maria Antonia liess ihren Pass nicht bei irgendeinem Fotografen machen. Ihr Konterfei wurde von einem prominenten Fotografen in der Bäderstadt Ragaz angefertigt.

Vor dem Ersten Weltkrieg darf ein Passbild noch über die Markierung der Seitenränder hinausreichen. So entscheidet sich das Fotostudio J. Fetzer & Sohn für ein Brustbild von der jungen Frau in der Tracht. Der gewölbte weisse Spitzenlatz kommt über dem Samtmieder gut zur Geltung. Und die kreuzweise Einschnürung aus Silberketten, gehämmerten Ösen und Schmuckanhänger betonen die schlanke Figur. So schlägt der Fotograf vor, ein zusätzliches Konterfei mit ihrer Freundin zusammen zu machen. Es soll die Frauen nichts kosten.

Fetzer nennt dieses Bild *«Zwei junge Frauen in Appenzeller-Tracht»*. Er wirbt damit für die Bäderstadt Ragaz. Es macht den Kurort attraktiv. Auf eine Weise gar exotisch. Maria Antonia steht neben ihrer grösseren Freundin auf einer Kiste vor einer kartonierten Bergkulisse. Im herzförmigen Gesicht fallen ihre dicken, mit einer Spitze zur Schläfe auslaufenden Brauen, die eindringlichen, schwarzen Augen und das Grübchen im Kinn auf. Ein Mittelscheitel teilt das naturgewellte Haar, das mit Mühe über die Ohren zurückgebändigt, im Nacken hochgeschlagen und mit Zierspangen festgesteckt ist. Zwei dünne Perlenschnüre umfassen den Hals. Die Häkelrüschen am Ausschnitt der Bluse umfassen den Kopf wie mit Tortenkrepp. In ihren aufgeplusterten Puffärmeln sind tadellose Dellen, als wäre die Bluse aus Weissblech gehämmert. Am Ellbogen hält ein Seidenband mit Kokarde die Spitzen-Manchette fest. Und die Lochbahn der Häkelstrümpfe schmiegt sich in einer aparten Windung um die Wade. Maria Antonia neigt ihren Oberkörper zur einen, den Kopf aber zur anderen Seite, als hole sie Schwung für einen Tanz.

Dieses Bild ziert Fetzers Schaufenster, als das Attentat von Sarajevo vom 28. Juni 1914 den Ersten Weltkrieg auslöst.

Sechsundsechzig Jahre später gab es die Fotografie noch immer. Im Rathaussaal von Appenzell bogen sich ihre Erben über das Bild und versuchten, diese aussergewöhnliche Frau und ihre Verrücktheiten zu verstehen.

Ausgestattet mit dem Pass, packte die junge Schaustickerin im Frühsommer die Handarbeiten der Familie auf eine Trage und lud sich diese auf den Rücken. Sie durchquerte die Blumen des Hochmoors und das hitzeflimmernde Riedgras. Im Tobel traf sie auf die anderen reisebereiten Frauen. Schwatzend und lachend stieg die Schar auf Kehren ins Rheintal ab.

Dort ist das Tor zur Welt. Vor den Stickerinnen liegt ein Sommer in der Fremde.

Es wimmelt von Reiselustigen. Denn auch die Schöttler und Milchler, die ihre Molkereiprodukte in den Badekurorten im Dienst der Gesundheit vermarkten, zwängen sich in die Waggons der Eisenbahnzüge, die in alle Richtungen zu mondänen Kurorten fahren.

Fergger bringen die Truppen nach Budapest, Düsseldorf, Wien und Berlin. Dort gelten sie als Publikumsmagnet. In ihrer schmucken Tracht am Stickrahmen sitzend, führen die Schaustickerinnen ihr Kunsthandwerk vor. Sie sticheln die Wünsche der verwöhnten städtischen Kundschaft in feines Gewebe.

Es heisst:

Stickerinnen sind mit dem Blattstich im Herzen geboren.

Sie haben die zartesten Hände, denn sie baden diese in Lilienmilch.

Sie sind schon als Kinder von Männerarbeit verschont geblieben.

Diese Wesen haben nur gestickt und Blumen gepflückt.

Die Besucher bewundern die Tracht mit dem Silberschmuck am Plastron und das flinke Sticheln am hauchfeinen Gewebe. Und dass die jungen Frauen nie über ihr Muster nachdenken müssen. Ihre Einstecktücher fallen besonders auf. «Mouchoir» nennen die Schönen diese Gebilde. Schon vor einem halben Jahrtausend galten solche als Liebespfand. Der Ritter überbrachte das blutverschmierte Tuch seiner Braut zum Zeichen, dass er in grösster Gefahr an sie gedacht hatte.

In den Augen der kaufkräftigen Kundschaft verkörpern die Schaustickerinnen den Inbegriff unverfälschter Leute vom Lande.

Stickend und lächelnd, die taufrische Bluse mit einem kostbaren Seidenbändel am Ellbogen gepufft, sitzt Maria Antonia

Räss an den belebtesten Plätzen von Europa. Oft wird sie vom Platz weg in ein Herrenhaus gerufen, um eine Brautausstattung mit Spitzen und Monogrammen zu besticken.

Als die Monarchie von Ungarn zusammenbricht, streichen die Stickerinnen das Monogramm von der Designervorlage. Das ist alles. Es gibt nun ein hohes Haus weniger, dessen Wappen sie sticken müssen.

Das Mädchen vom Grüt fand Gefallen an den Boulevards. War von der Vielfalt und Grösse der Welt überrascht. Maria Antonia stand einem Zeitungsschreiber Rede und Antwort, der fragt, warum sie in gefährlichen Zeiten reise. Warum sie sich aus der Sicherheit der Heimat locken lasse.

Es gibt Dinge, die wir sehen können. Und Dinge, die wir sehen möchten. Das Bimmeln einer Glocke verrät die Geiss hinter dem Hügel. Da sie nicht allein weiden kann, gibt es dort eine Herde, einen Hüter und einen Hund. Das Verborgene verlangt Fantasie. Stille macht leise Klänge hörbar. Abgeschiedenheit erzeugt Einfallsreichtum. Wir malen und sticken die Welt, die wir sehen oder sehen möchten. Es macht viele von uns zu Künstlern. Manche zu Fantasten. Wir rechnen damit, dass das Leben anderswo aufregender, faszinierender und vollkommener ist. Von einer Pracht vielleicht, wie wir es uns im Heemet kaum vorstellen können.

Es zog die Tochter des Geissenbauern schon sehr früh in die Ferne.

Auch ihre jüngere Schwester Mili wollte einmal Schaustickerin werden. Für Rosa endete Appenzell in Gossau. Sie wollte heiraten, Kinder bekommen und immer die Wellenhügel vor Augen haben. Auch Katri wollte im Grüt Wurzeln schlagen. Sie fand, ein Mensch sei dort zu Hause, wo er blind zum Grab der

Liebsten findet. Die Brüder waren zwar Schöttler, liessen sich aber nie einen Pass ausstellen. Sie brachten die Geissen-Molke ins Kurhaus Weissenbad. Dort verkauften sie auch ihre messingbeschlagene Lederware, Vaters naive Malereien und die Stickereien ihrer Schwestern.

Von den Reisen hat die Schaustickerin Geschenke für die Geschwister mitgebracht. Parfums, Hornkämme, Lilienmilchseifen, ein seidenes Kopftuch, silberne Pfeifenstopfer. Sie brachte aber auch Stickaufträge für eine Kundschaft mit Titel nach Hause. Kissen für Salons, Litzen für die Unterhosen vornehmer Damen, Monogramme für Schnauzbinden von Würdenträgern.

Katri war rund um die Uhr mit den Aufträgen ihrer jüngeren Schwester beschäftigt. Sie zeigte keine Lust, den Herrschaften zu begegnen, für die sie stickte.

«Welchem Hochwohlgeborenen kann ich meine Hand zum Kuss anbieten? Blaublütige reichen der Stickerin ihrer Unterhosen nicht die Hand.»

Es zog auch den flotten Niko Manser in die Ferne. Für ihn waren die Schaustickerinnen eine Attraktion. Er tauchte gern an ihrem Arbeitsplatz auf. Schlenderte mit der Zigarette im Mundwinkel von Tambourin zu Tambourin. Machte sich mit lautstarkem Rühmen der Stickereien nützlich. Verteilte Früchte. Kopierte die Wappenschilder der Stadtbürger von Kirchenfenstern, und die Hübschen stickten sie zur Verblüffung der Einheimischen nach.

Er redete mit tausend Zungen. Nur die Tochter des Geissenbauern liess ihn verstummen.

Der alte Herr war nicht so sehr in die Papiere seines Anwalts vertieft, als dass er die Gespräche der Leute aus den Wellenhügeln überhörte. Er warf ihnen von Zeit zu Zeit einen Satz zu.

«Maria Antonia hat mir ein Mouchoir verehrt.»

Die Räss fingen den Satz auf. Wogen ihn. Befanden ihn als zu leicht und zu nebulös. Das Traumgebilde eines Clowns halt. Seine Eltern duldeten keine Fädlerin in der Nähe ihres Sohns. Xaveria zischelte wie eine Schlange, wenn eines ihrer Mädchen den Kopf nach der Kellerscharte drehte, an der Nikos Stiefel auftauchten.

«Maria Antonia und ich waren ein Paar», rief Manser.

Nach einem Augenblick der Verblüffung begann die Verwandtschaft zu lachen.

«Ein Paar! Gottogott. Unsere Tante und Niko?»

Man erinnert sich an eine stolze und ungebundene Frau, die im Gehen ihre Brustkettchen schwingt und die Glutaugen nach pfeifenden Jünglingen dreht. Sie genoss ihre Freiheit. Wenn sie Mansers Niko einen tiefen Blick gab, war er verwirrt. Vielleicht spielte sie mit ihm. Er war ein flotter Bursche, und es hat ihr geschmeichelt, wenn sie sein Blut zum Wallen brachte. Sie rührte gern in wundersamen Töpfen, um das Unterste nach oben zu kehren.

Die reiche Tante flirtete auch im hohen Alter. Im Übrigen liess sie sich immer «Miss Räss» nennen.

Und Niko Manser? Benahm er sich wie ein Verlobter? Er hat die Wellenhügel auf der Suche nach einer Braut durchkämmt. Gab sich als Fergger aus. Die Töchter legten ihm ihre Stickereien vor. Er achtete aber weniger auf die Perfektion der Arbeit als auf die Schönheit der Stickerin. Er hauchte ihr Tüchlein in die Luft. Das zarte Gewebe schwebte dann einen Augenblick wie eine grosse Flocke über ihren Brusthügeln, ehe es langsam auf den umhäkelten Ausschnitt glitt. Mit den Zähnen zog er es sacht über die Wölbung an sich.

Der Notar griff nach der Glocke.

«Lassen wir Herrn Manser seine Geschichte erzählen!»

Der Anwalt nickte seinem Mandanten aufmunternd zu. Dieser zog das Gilet zurecht, trat aus seiner Ecke und lehnte sich rücklings an meinen Kanzleitisch. Hier hatte er die Sippe im Blick.

Er verlangte, dass die Anwesenden das Rad um viele Jahrzehnte zurückdrehen.

Er zählt sechzehn Jahre und ist verliebt in die Tochter des Geissenbauern. Seine Eltern sind wachsam. Zu Hause muss er seine Gefühle an den Kleiderhaken hängen. Aber in Schottland kann ein Paar sich in diesem Alter bereits ohne Einwilligung der Eltern trauen lassen. Seine Kleine hatte Bedenken, ganz ohne Papiere zu heiraten. Auf Nikos Drängen händigte das Einwohneramt ihm die Geburtsurkunde seiner leiblichen Eltern aus. Allerdings in einem versiegelten Umschlag *Zu Handen der schottischen Behörde.*

Man sei getrennt nach Schottland gereist. Maria Antonia kam von Hamburg, wo ihr Sticktrupp gastierte. Niko sei über London gereist. In Gretna Green fand die Hochzeit in einer Scheune statt. Ein Ambossschlag verkündete die Gültigkeit. Der Schmied malte seinen Schnörkel unter die Urkunde aus Appenzell und steckte diese den Frischvermählten zu. Maria Antonia öffnete den Umschlag. Mit einem Schrei sei sie fortgehastet. Der ratlose Niko wartete vergeblich im Hotel für Hochzeitspaare. Nach einer Woche sei er über Kopenhagen nach Appenzell zurückgereist.

«Ich war enttäuscht. Wir hatten keine Brautnacht.»

Herr Manser berichtete stockend. Die Art, wie er dabei den Blick auf einen fernen Punkt richtete und mehrere Male seine langen grauen Locken schüttelte, verriet seine Trauer. Ich glaubte ihm. Sein Kummer erschien mir echt.

Doch unser Notariat benötigte Beweise.

Der Anwalt nickte bedeutsam in die Runde. Jener Umschlag sei der Beweis. Er muss in der Hinterlassenschaft sein. Wer ihn gefunden hat, soll sich bitte melden.

Von der Sippe wünschte niemand das Wort.

Hulda Zellweger war kreidebleich. Ich sah das Entsetzen in ihren aufgerissenen Augen und forschte in ihren Familienpapieren. Niko Manser war darin als Vater ihrer unehelichen Anna aufgeführt. Er war zwar mehr als ein Vierteljahrhundert älter als Hulda. Aber mit seiner Eleganz und seinem weltmännischen Gehabe war es ihm wohl nicht schwergefallen, die damals Siebzehnjährige aus den Wellenhügeln zu verwirren.

Die Amboss-Hochzeit mit Maria Antonia hat er seiner blutjungen Geliebten verschwiegen.

Bis zu diesem Geständnis im Rathaussaal ist sie ahnungslos gewesen. Nun musste sie feststellen, dass der Kindsvater mit ihrer Tante verheiratet war. Sie hatte die Verstorbene verehrt. Hulda Zellweger war dem Weinen nah. Ich fasste nach ihrer Hand. Sie lächelte mich mit zuckenden Lippen an.

Aber auch die Familie verlor ein Stück heile Welt. Niemand hatte je von Gretna Green gehört. Man mutete der Crazy-Woman mancherlei zu. Aber dass sie mit sechzehn Jahren zu einer Amboss-Hochzeit durchbrennt und diese lebenslang verschweigt, lag jenseits der Vorstellung. Die Mehrzahl der Verwandten zogen vor, dies für den Wunschtraum eines Clowns zu halten.

Welche Beweise kann Niko vorlegen?

Einige schauten zur Decke. Andere klappten ihr Brillenetui zu und packten es in die Tasche. Auch ich fand, es sei an der Zeit, den Stift aufs Protokoll zu legen. Selbst der Notar begann, Akten zu stapeln.

Unsere Stobete kam ans Ende. Im Saal war es sehr still.

Plötzlich krachten die Nagelschuhe eines Geissenbauern aufs Parkett. Er war mit angezogenen Füssen vom Stuhl gesprungen. Er erinnere sich, schrie er. Genau in jenen Tagen sei Niko Manser mit dem Zeppelin-Luftschiff «Viktoria Luise» von Kopenhagen übers Festland geschwebt.

«Wie konnte der Filou gleichzeitig in Schottland gewesen sein. Xaveria hat ihren Sohn in Deutschland abgeholt. Die beiden haben sich vor dem Luftschiff fotografieren lassen. Und das Foto ist in einer einheimischen Zeitung erschienen. Der junge Manser sah nicht aus wie ein verschmähter Bräutigam. Es war kurz vor dem Ersten Weltkrieg. Wir konnten uns nichts mehr kaufen. Aber auf Xaverias Hut schwankte eine meterlange Straussenfeder, die zwei Handwerkslöhne gekostet hat. Sie fand in der aufgeschlagenen Zeitung kaum Platz.»

Den Aufruhr jenseits der Schweizergrenze bezeichnete Karl Spitteler als «*Das fürchterlichste Trauerspiel, das sich gegenwärtig in Europa abwickelt*». Der Bundesrat informierte die «*Getreuen lieben Eidgenossen: An unserer Grenze tobt der Krieg. ... Wir erwarten, dass jeder freudig seine Pflicht tue, bereit, dem Vaterland Blut und Leben darzubringen.*»

Die Broderie aber schien von den Unruhen noch kaum berührt. Die Schaustickerinnen tauchten auf dem Kopfblatt einer Berliner Zeitung auf. Das Publikum fragte sich, wie es diese Stickerinnen schaffen, jeden Vormittag ihr Stühlchen am

Brandenburger Tor aufzuklappen, den Faltenrock über die Knie zu breiten und bis am Abend mit akkurat zusammengestellten Schnallenschuhen, blendend weisser Bluse und fleckenloser Seidenschürze im Blickfeld von besorgten Leuten zu sticken? In einer Welt, die gerade zerbirst.

Auch die kleine Räss stickte dort für Kunden das Kaiserwappen mit dem Adler in ein Mouchoir, während bombenbeladene Zeppeline zur Grenze schwirrten. *Stickerin des Teufels* tituliert sich Maria Antonia im Brief an die Verwandten.

Die mondäne Stadt konnte in jedem Augenblick in Schutt und Asche gelegt werden. Die Schweizertruppe packte schliesslich ihre Tragen. Wer will an monogrammverzierte Wäsche denken, wenn Löcher in den Häusern klaffen? Wer will sein letztes Kristallglas auf ein Spitzendeckchen stellen, um es beben zu sehen? Niemand nippte Champagner. Niemand lächelte verschämt in ein Mouchoir. Es flossen Tränen.

Die Tochter des Geissenbauern verliess Berlin. Schluss mit Auslandsreisen. Showtime für Panzerbrigaden und Fluggeschwader.

DAS KOPFKINO DER GEISSENBAUERN

Niko trat ins Rampenlicht, als die Schöttler und Milchler ihm die Organisation ihres herbstlichen Balls anvertrauten.

Dies ist das Fest aller Feste. Knorrige Knechte verwandeln sich in Tänzer voll Anmut, Kraft und Ausdauer. Mit eingestützten Armen stämpfeln sie zum Takt von Hackbrett und Geige das «Solo-Appenzellerli mit de Beene». Sie wirbeln die Absätze so schnell als möglich auf den Bretterboden. Beim «Länderli» legen sie beide Arme um die Taille ihrer Partnerin und bewegen sich bedächtig am Platz im Kreis. «Off em Täller sött me chönne tanze».»

Aber junge Leute langweilten diese Bauerntänze. Zudem hatten die Schöttlerbälle einen üblen Ruf. Es wurde viel getrunken, geschäkert und gestritten. Bei jedem Anlass gab es Verletzte, und im folgenden Sommer konnten einige Schaustickerinnen mit dickem Bauch nicht ins Ausland reisen.

Niko sollte dieses Fest nun modernisieren. Die Schöttler und Milchler hatten schlecht verkauft, umso ausgelassener wollten sie feiern. Dies aber ohne unangenehme Folgen. Weil der Jüngling in St.Gallen studierte, schien er der Richtige zum Organisieren des Fests zu sein.

«Ich motze euren Ball auf!»

Er verpflichtete eine Musikergruppe, die Walzer und moderne Tänze spielt. Der Saal wurde mit Buntpapier dekoriert, Wein und Bier bestellt. Das Hinterzimmer wurde in ein Casino verwandelt, in dem die Schöttler und Milchler das wenige verdoppeln können, das sie aus einer letzten, noch intakten Bäderstadt in die Schweiz retten.

Unser Niko hielt die Bank. Und die Bank gewann.

Auch Maria Antonia Räss besuchte den Ball. Sie tanzte reihum. Alle Schöttler und Milchler haben sich mit der Schönen gedreht. Jeder hat sie an sich gedrückt. Nur Niko nicht. Er musste die Spielbank halten.

Um Mitternacht brach sie auf. Niko hastete hinterher. Sie bog schon in den Schotterweg, als er aus der Türe torkelte. Mit dem Kopf deutete er zum Saal. Die Musik spielte Walzer. Benebelt vom Alkohol, griff er nach ihrer Hand, wirbelte sie in seinen waagrecht gewinkelten Ellbogen und schwenkte sie von einer zur andern Seite. Dann riss er sie wieder an sich und walzerte mit ihr hinters Lokal in die Dunkelheit.

Sie schlug wild um sich. Biss. Kratzte. Schrie wie am Spiess.

«Ich spürte sein nasses, heisses Maul zwischen meinen Brüsten», vertraute sie ihrer Schwester Katri an.

Laut den Schöttlern und Milchlern kehrte Niko in jener Nacht blutverschmiert, mit zerfetztem Hemd, leise wankend in den Ballsaal zurück. Behauptet dort, er sei von einem Hund gebissen worden. Im Saal spielten die Musikanten noch immer Walzer. Die Tänzer johlten. Niemand nahm Notiz vom Gebissenen.

Mit zwei, drei Überschlägen hechtet dieser zur Bühne, reisst dem Fiedler das Instrument aus dem Arm, dreht sich einmal um sich selbst und schleudert mit Schwung die Geige auf die Tanzfläche. Danach greift er nach der Handorgel und lässt sie den erschreckten Tänzern vor die Füsse krachen. Das Hackbrett-Möbel wirft er polternd hinterher.

Es stand sogar im Lokalblatt.

«Plötzlich hatte unser Landsgemeinde-Redner eine Geissel in der Hand. Noch ehe die Tanzpaare ihre Arme voneinander lösen konnten, liess er sein Seil in regelmässigen harten Schlägen unter den Füssen der Hüpfenden kreisen. Die Schöttler mussten nach der Peitsche des Clowns von Appenzell tanzen».

In null Komma nichts endete dieser Ball.

Niko Manser hockte noch lange im Mondlicht auf der Treppe und flennte in seine Hände. Dieser Schöttlerball schaffte es an die Spitze aller berühmt-berüchtigten Bälle.

Kurz darauf raffte die Spanische Grippe mehrere Bewohner der Wellenhügel weg. Vier Jasser hatten sich in einer Beiz getroffen. Vierzehn Tage später lagen alle unter der Erde. Wie andere Kantone, war auch Appenzell gezwungen, Kriegsgefangene im Gontenbad aufzunehmen. In der Kuranstalt Weissbad blieben die ausländischen Gäste weg. Als die Brüder Räss ihre Molke abluden und die Handarbeiten der Familie zum Verkauf ausbreiteten, ernteten sie Spott.

Die herrschaftlichen Gäste hatten andere Sorgen, als schön zu tafeln, sich mit Spitzen und Litzen herauszuputzen und in lauwarmer Molke zu baden. Vermögen lösten sich in Luft auf. Luxus verpulverisierte sich. Privilegien waren noch Erinnerung.

Alles zerbrach, zerfledderte, zerfiel.

Die Veränderungen geschahen Schlag auf Schlag.

Niko galt als Bewunderer des Deutschen Reichs. Im Gegensatz zum Dorfschullehrer. Die beiden disputierten auf der Strasse lautstark über Politik. Besonders die Strategie des Generalfeldmarschalls Graf von Schlieffen gab zu reden. Die brillante Idee des Grafen faszinierte Niko. Sie zielte auf einen schnellen Sieg in Frankreich und den Glauben, die Streitmacht könne danach gegen Russland eingesetzt werden.

«Und – zack! – die Chose ist gewonnen. Das ist Kalkül, Herr Lehrer.»

«Das ist der Rechenfehler des Jahrhunderts! Du Latsch. Die Triple-Entente stoppt das Deutsche Kaiserreich im Westen. Die Russen überrennen es im Osten. Und ein Zweifrontenkrieg, Niko, ist niemals zu gewinnen.»

Jenseits unserer Grenze brachen Reiche auseinander. Generäle wurden erschossen, Monarchen ins Exil geschickt und massgebende Köpfe ausgewechselt. Einstmals mondäne Orte waren nun Schrott.

In den Heemet ging alles den gewohnten Lauf, während andernorts neue Staatsformen entstanden. Wer konnte sich diese merken? Auch Niko und der Lehrer haben die politischen Ideen und anvisierten Richtungen nicht wirklich begriffen. Man konnte sich nicht einmal das Gesicht eines neuen Repräsentanten einprägen. Namen wechselten so rasch, dass ein Name der einem Pfeifenraucher beim Stopfen des Tabaks zu Ohren kam, beim Ansaugen der Flamme schon Geschichte war. Und von den drei neuen Namen, die ihm während des Paffens eines Lindauerli um die Ohren flogen, waren deren zwei bei Erlöschen der Glut bereits abgesetzt.

«Unsere Regierung kennt sich nicht mehr unter den gestürzten und verbliebenen Monarchien aus», hat Niko seinem alten Lehrer erklärt.

«Aber du, Latsch, kennst dich da aus?!»

Das Fabrikantenpaar Manser raufte sich vor dem leeren Auftragsbuch das Haar. Die Webmaschinen rumpelten durch eine Krise, die keine der drei Rittmeyer überstand. Sie verharzten. Eine um die andere fiel aus. Der Rechenfehler des Grafen von Schlieffen vernichtete auch das Vermögen, das Niko beim Schöttlerball gewonnen hatte.

Ich will nicht wissen, was aus Xaverias Straussenfeder geworden ist. Nutzte sie diese als Staubwedel, um die Kostbarkeit nicht zu vergeuden? Das Ballkleid kampferte sie ein. So konnte sie es durch die schrecklichen Tage in eine nächste herrschaftliche Zeit retten. Dieses Gewand würde sie dann als Zugehörige des Hochadels ausweisen.

Ihr Sohn, der junge angehende Wirtschafter, nahm die Planung des Haushalts in seine Hand. Sein Instinkt riet ihm zum Aufstocken von Vorrat. Anstelle der Stoffballen könnten im Webkeller Fleischstücke abhängen. Wenn Lebensmittel knapp werden, steigt ihr Preis.

«Es ist eine Überlegung wert.» Die Eltern schätzten die Vernunft ihres Sohns.

Niko warf eine Münze in die Luft und klatschte sie auf den Handrücken.

«Zahl! Zeit zu handeln! Ehe Schwarzhändler in die Wellenhügel einfallen, um das letzte Vieh aufzukaufen. Ein Banknotenbündel kann sich in null Komma nichts entwerten. Und ist noch zum Putzen des Hinterns gut. Jetzt sind wir in den Heemet noch hoch angesehene Leute.»

Xaveria musste sofort den Kampfergeruch aus dem Gewand gelüftet haben. Sie ist mit Baptist zum Grüt geflattert. Doch die Räss konnten kein Haupt Vieh entbehren. Dafür standen Stickereien und Lederwaren zum Verkauf.

Katri habe diesen Moment ausgekostet.

Diese Minuten in Augenhöhe mit dem Fabrikantenpaar, das als Bittsteller im Regen steht, während Katri als Beschützerin ihrer ausgenutzten jüngeren Geschwister im Trockenen am Türpfosten lehnt. Sie reicht mit einer wolkigen Geste dem herrschaftlichen Paar einen Sack Dörrschnitze aus der Tür.

Mit Befriedigung. Mit allerhöchster Genugtuung.

Das Paar bricht zum nächsten Hof auf. Sie folgt ihm mit den Augen. Xaveria versinkt mit den Wichslederschuhen bis zu den Knöcheln im Morast. Weinend rudert sie mit den Händen, lehnt sich schliesslich an einen Lattenzaun und drückt ihr Mouchoir aufs Gesicht.

Katri weiss, dass Baptist nach dem Ausschütten seiner Hutkrempe an die Tür des nächsten und übernächsten Heemet klopfen wird. Auch dort gibt es kein Schlachtvieh zu kaufen. Milchnot droht. Fleischlose Tage sind amtlich verordnet. Die Bauern bringen das letzte Hornvieh nicht zum Metzger, sondern ziehen Kälber auf.

Der Kriegswinter 1917 ist endlos für die Sippe. Die Frauen und Männer weben, sticken, stanzen und malen, bis das letzte Scheit im Ofen erlischt. Während die Vorratsgestelle sich leeren, stapelt sich das angefertigte Kunsthandwerk auf. Fergger und Laufkundschaft bleiben aus. Man hüllt sich in Schafwollpullover und haucht Wärme in die gefalteten Hände.

Jetzt gilt nur eine Kunst: die, zu überleben.

Alle sind froh, dass die Schaustickerinnen, Milchler und Schöttler die Kriegszeit nicht im Ausland verbringen müssen, wo ihnen der Schrecken der Hölle zustossen kann. Es ist auch von Vorteil, dass die Geissen ihre Molke nicht fürs Bad der Kurgäste hergeben müssen, sondern ihre Zicklein säugen können.

Jedes Jahr marschieren in Appenzell die Männer am letzten Sonntag im April zum Landsgemeinde-Platz, um Räte und Richter zu wählen, über Gesetze abzustimmen und Finanzen zu regeln. Wie die Vorfahren. Und die Vorvorfahren, die anno 1597 antraten, um einander die Köpfe einzuschlagen. Dann aber befanden, es wäre gescheiter, die Faust im Sack zu vergraben, dafür das Gebiet der Streithähne zu trennen. Die Katholischen verblieben in Innerrhoden. Die Evangelischen wanderten nach Ausserrhoden.

«*...bis dass der Grund der Trennung entfalle.*»

Die Räss-Männer stiessen dort auf den jungen Niko Manser. Er machte gute Figur mit seinem blitzenden Degen an der Seite und einem gebauschten Spitzentüchlein im Anzug. Sie waren nicht überrascht, als der junge Mann mit scharfen Bügelfalten an den dünnen Beinen zum Landsgemeinde-Stuhl tänzelte, mit zehn Fingern die Locken nach hinten durchkämmte, aufschüttelte und dann mit Blick zum Gemälde von Ueli Rotach seine Einzelinitiative vorzutragen begann.

«Männer! Freunde! Miteidgenossen!»

Seine Rede ist protokolliert.

Sie beginnt mit dem Zusammenbruch der Ostschweizer Stickerei und endet mit der Abwanderung. Dazwischen liegen die verzweifelten Versuche der Bevölkerung, sich über Wasser zu halten. Die Bewohner fertigen Aussteuern für Metzgersbräute an. Sie markieren Leibwäsche von alten Verwandten für den Eintritt ins Heim. Aber… «Unsere Heimwerker haben wenig Freude an der Arbeit. Der Stahl für gute Sticknadeln wird für den Krieg gebraucht. Unseren Leuten liefert man Nadeln von schlechter Qualität. Sie sind stumpf, rau, rostig und brechen. Die Armee beschlagnahmt unsere Pferde und beansprucht unser Heu. Weil es am Futter mangelt, müssen wir unsere Kühe notschlachten. Die Jungen suchen im Ausland eine neue Existenz …»

An diesem Punkt habe Niko sich weit zurückgedehnt. Er strich mit dem Zeigefinger kreuz und quer über den Himmel, warf sich nach vorn und liess, lange schweigend, seine Locken federn. Ein Raunen erfüllte den Platz. Bewegung ging durch die Hüte auf dem Knauf der Degen. Den Männern schien, der junge Manser verstehe Land und Leute. Er beherrsche auch die Redekunst. Erhebt seine Stimme, dämpft den Ton, pausiert, schaut Einzelnen in die Augen. Da er studiert hat, weiss er, was zu sagen ist. Was gilt. Und was ankommt. Man traut ihm zu, die Geschicke des Landes zu leiten. Er kann das so gut wie ein anderer.

Die letzten Sätze trägt der Redner mit grosser Eindringlichkeit vor.

Jeder kenne die Not. Jeder leide. Er nennt Zahlen. Sie sind erbärmlich. Appenzell nagt am Hungertuch. Wir müssen zusammenstehen in schweren Zeiten. Überlegen, dann handeln. Wie EIN Mann.

Er empfehle, das Gesuch um Armenunterstützung zurückzuweisen.

Er erklärt, warum auf die Frage eines Krankenversicherungsgesetzes nicht einzutreten sei.

Und warum die Mannen eine Alters- und Invalidenkasse für staatliche Beamte zurückweisen sollen.

Niko boxte mit der Faust in den Himmel, um den grossrätlichen Zwang zu vermöbeln, der von den Mannen auf dem Platz verlangt, den Jahreslohn eines Lehrers aufs unverschämte Minimalgehalt von Fr. 2600.– heraufzuschrauben. Lehrer, die nicht einmal fähig sind, Kindern das Lesen beizubringen. Aber samt und sonders über eine anständige Wohnung verfügen. Und zu alldem jetzt zusätzlich noch die Ausstattung mit Heizung und Beleuchtung verlangen.

Das gehe zu weit.

«Wir wehren uns!»

Zur Bekräftigung all seiner Voten reckte der schneidige Redner seinen Hals aus dem schneeweissen Vatermörder und rammte die Spitze des Degens in den heiligen Landsgemeindeboden.

Das sass. Appenzellische Vernunft traf die Wahl. Die Vertreter von Oberegg stimmten ziemlich geschlossen gegen jeglichen Zwang.

Baptists Sohn galt nach diesem Auftritt als Mann, der nicht nur eine Geissel zu peitschen und den Schöttlerball anzuheizen vermag, sondern einen Willen und ein Auftreten hat. Der mit seinem geschliffenen Mundwerk Zuhörer findet.

Niko beschloss die Umstellung des elterlichen Webkellers auf eine zeitgemässe Produktion.

«Wir nähen Blusen für den Zentralstaat.»

Baptist verschlug es die Sprache. Der Sohn hatte sein Geschick geerbt. Ohne Wenn und Aber liess er alle Rittmeyer aus dem Keller räumen. Und sammelte Mädchen für die Blusenfabrik. Er fand, jene aus den Wellenhügeln verstünden den sparsamen Umgang mit teuren Stoffen am besten. Das Geräusch schnatternder Scheren, ratternder Nähfüsschen und schwirrender Maschinenräder sei in ihren Stille gewohnten Ohren Musik.

Von vielen dieser Mädchen besass Niko ein Mouchoir als Liebespfand. Sie tauschten den Stickrahmen im Heemet ohne Wenn und Aber für einen Platz in der Blusenfabrik.

Bald füllten zwei Dutzend Näherinnen den Webkeller. Baptist beaufsichtigte die Arbeit. Xaveria hielt ein Auge auf Baptist und die Näherinnen. Ihre energisch geschüttelte Messingglocke beendete das Pausieren und Karisieren. Das schrille Klingeln ertönte, wenn sich eine Näherin herausfordernd in Pose setzte, weil der Patron sich nähert. Es ertönte, wenn sie nur schon erwartungsvoll den Kopf hob, um zu horchen, ob er kommt. Schon bei Geblinzel aus der Ferne.

Mansers hielten die Zügel in den Händen. Sie waren Klagen über den eisigen Boden, das schwache Licht und das Feilschen der Händler gewohnt. Ab und zu erlitt eine hungernde Näherin einen Schwächeanfall. Die Frauen erwarteten kein Mitleid. Sie verbargen ihre zitternden Hände unter der Schürze.

Niko stand den Eltern in finanziellen Angelegenheiten bei.

Die schönsten Mädchen durften seine Blusen vorführen. Er fand, an den Vollbusigen komme der Schnitt am besten zur Geltung.

«Als Vorführmodel müsst ihr euer Publikum verwirren.»

Gedrillt von Niko, tänzelten seine Schönen mit Hüftschlenkern vor dem Grosskunden auf und ab, streichelten die Rüschen am Ausschnitt, zogen neckisch an den verschlungenen Blusenbändern, griffen dann im Nacken ins aufgelöste Haar und lachten bei zurückgeworfenem Kopf.

Seine Modelle waren verführerischer als die biblische Salome. Niko liess die verzückten Einkäufer nicht aus den Augen.

Werden sie schwach, wehrlos und blind?

Das ist der Augenblick, um den Schlick des Handels zu schnüren. Zack! 500 Blusen, Gegenwert: Goldkronen, die europäische Währung, die dem Wertzerfall durch Staatsgarantie Paroli bietet.

Er war neunundzwanzig Jahre alt. Eine exzellente Partie. Nach Meinung der Eltern kann die richtige Frau an seiner Seite ihn aufs höchste Podest hieven. Sie dachten an eine Jungfer mit Mitgift, wie sie früher im Kurhaus Weissbad verkehrten.

Der Sohn, woran dachte er? Sicher nicht an ein Versprechen, das er in Gretna Green gegeben hatte und das nur mit Bisswunden einzulösen war.

Nach Hulda Zellwegers Schilderung muss ihm ein Mordsweib im Fischbeinmieder vorgeschwebt haben. Eines mit weit auseinandergequetschten Brustkugeln und einem Muttergottesmedaillon im Grübchen, das er zart mit den Zähnen herausziehen kann. Wenn dieses Weib sich nicht gerade mit Niko wälzt, sitzt es vor der Spiegelfriseuse, bürstet mit der rechten Hand das hüftlange Haar und befehligt mit der Linken fingerschnippend eine Schar Bedienstete.

«Die Unseren waren nicht überrascht, als er in einem gewaltigen Automobil über die Wellenhügel tuckerte. Seine Begleitung sass steif wie eine Puppe neben ihm. Eine Filz-Cloche umfasste das halbe Gesicht, und ein Pelz wuselte auf ihren mageren Schultern. Den schwarz gefärbten Schmollmund vorgeschoben, starrte sie geradeaus. Nur die Rüschen eines über den Hut gehaltenen Sonnenschirmchens hüpften und schaukelten.»

Dass dies nicht das erträumte Mordsweib sein konnte, sah die Sippe der Räss von Weitem. Es musste seine reiche Braut in spe sein.

Das Paar war auf dem Weg zur Blusenfabrik. Die Braut wollte sich die Industrieanlage ihres Bräutigams anschauen. Der Webkeller glich aber eher einer herabgewirtschafteten Scheune. Bei ihrem Anblick schickte ihr Mündchen einen hohen O-Ton zum Himmel. Der Weg zur Tür war voller Pfützen. Sie hüpfte in gelackten Knopfstiefelchen darüber weg. Auf Nasenhöhe beide Hände um die Bügel eines Echsentäschleins gekrümmt, trippelte sie auf Xaveria zu, die ihr entgegenflatterte. Baptist zog den Hut bis fast zur Pfütze.

Ein Traum von Schwiegertochter. Eine, die Mitgift bringt. Die künftige Gattin mit Migräne.

Ich malte mir die Szene aus, als Mansers Anwalt hochschnellte und die Sippe wegen übler Nachrede kritisierte. Man beleidige seinen Mandanten. Er muss sich das nicht bieten lassen. Die Verwandtschaft schiebt ihm die Rolle des Bösewichts zu. Warum? Weil er Maria Antonia geheiratet hat? Weil die Sippe in ihm den bösen Wolf sieht, der in die Herde eingebrochen ist? Weil er das Erbe der reichen Tante schmälert?

«Ha!» Niko sang seinen Refrain und nickte.

Und der Anwalt blähte vor Entrüstung die Wangen auf. Sein Mandant bat ihn aber, Platz zu nehmen. Er amüsiere sich über das Kopfkino der Geissenbauern. Es ist die einzige Unterhaltung der abgelegen wohnenden Leute. Früher waren seine Adoptiveltern Mittelpunkt des Geredes. Heute: er. Wenn sie nicht von ihm reden, erst dann muss er sich Sorgen machen.

Er klopfte seinem Anwalt auf den Rücken, bis dieser hustete. Natürlich sei der Jurist im Recht.

«Die Räss-Sippe schlägt über die Stränge. Und!? Andernorts öffnet man den übermütigen Rotten das Tor zu einem Stadion. Bei uns öffnet man ihnen den Grossen Rathaussaal.»

Die Stobete war im vollen Gang. Jemand zog eine Mundharmonika aus der Tasche. Einige Leute stimmten ein Lied an. Andere überschrien die Musik. Gruppen bildeten und lösten und verknäuelten sich wieder. Noch vor einer halben Stunde wollten die Erben den Rathaussaal verlassen und zu den Wellenhügeln aufbrechen.

Ich bemühte mich, etwas wie ein Protokoll zu verfassen. Hörte mich bei dieser und jener Gruppe um. Die Sippe unterhielt sich nicht über die Erbteilung. Man redete über Die reiche Tante. Das Leben, die Erwartungen, die Zeiten. Der Notar bemerkte mein verzweifeltes Fischen nach Sätzen, die ich mit meiner Arbeit in Verbindung bringen konnte. Und mich meine Aufgabe als Assistentin erfüllen liessen. Der alte Fuchs bot keine Stütze. Er drehte bloss seine Handflächen nach oben und schickte einen Blick von Ohnmacht zur Decke.

Man redete ausgiebig von den Jahren, die viel zu rasch vergehen. Eben erst haben sie Die reiche Tante zu Grabe getragen. Eben erst sass die Verstorbene als blutjunge Schaustickerin am Brandenburger Tor. Und über ihr schwebten Zeppeline mit Bombenfracht zur Kriegsfront. Während die Familie zu Hause um Frieden betete.

Man hat gerade eben den Ersten Weltkrieg überlebt.

Nach dem Waffenstillstand von Compiègne verkehrten wieder Züge. Es entstanden neue mondäne Orte. Gäste tröpfelten herbei. Der Krieg? Die Angst? Man wollte vergessen. Man wollte darüber wegschauen, dass Waffenstillstand nur ein Schwebezustand zwischen Krieg und Frieden ist. Dass niemand weiss, wie lange die Ruhe dauert.

Unsere Landsgemeinde behandelte Fragen um Lebens- und Futtermittel. Die Versorgung musste zu einem fast unerschwinglichen Preis sichergestellt werden. Die Unterzeichnung des Friedensvertrages, die Aufhebung der Blockade und insbesondere die Abschaffung der Verwendungskontrolle erleichterten den Warenverkehr und wirkten sich positiv auf den Handel mit Stickereien aus.

DIE MAUS AUF DEM ZAUN

Auch in schweizerischen Kurorten wurden eilig die Bretterverschläge von den Hotelfassaden gerissen. Scherben rieselten auf den Schuttplatz. Die Fensterrahmen erhielten neue Scheiben. Personal rückte an. Es wimmelte von Portiers, Serviererinnen in weissen Schürzchen, Zofen mit Hauben, flinken Kofferträgern und Burlesque-Tänzerinnen. In den Säulenhallen zirkulierten wieder Gäste. Sie besetzten die neu gelackten Gartenstühle. Lehnten im Zimmer übers Balkongeländer und beobachteten die Boote und Automobile, die wieder im Ort zirkulierten.

Die Schaustickerinnen packten ihre Trage. Diesmal mit verschlanktem Monogramm-Register der Königshäuser.

Auch Maria Antonia flatterte fort.

Wie Schmetterlinge lassen die Stickerinnen sich auf der Promenade von Lugano auf ihre samtenen Klappstühle nieder. Gegen elf Uhr erscheinen die Kurgäste im Schatten der Baumreihen. Im Takt ziehen die Schaustickerinnen den armlangen Faden durchs Gewebe auf ihrem Stickrahmen. Am Abend schlendern unter dem flirrenden Blattwerk noch immer Gäste am See. Berauscht von der lauen Luft und dem Mondsilber auf dem Luganersee.

Eine Woche verging. Maria Antonia hatte Bordüren für Lampenschirme, Untersätze für Tafelgeschirr, Servietten und Einstecktücher für elegante Herrschaften gestickt. Aber kein einziges kleines Tüchlein verkauft. Vor dem Krieg war sie Damen begegnet, die ihren Körper in Fischbeinmieder quetschten. Doch jetzt promenierten nur Damen, die kein Fleisch auf den Rippen hatten. In Europa fehlte es an Arbeit, Nahrung, Kleidung und Brennholz. Es fehlte an allem.

Sie stickte die Ausstattung für ein Paradies, das vielleicht für immer verloren war.

In der zweiten Woche stellten die Schaustickerinnen ihre Produktion auf Mouchoirs um. Sie hofften auf einen Zweifränkler pro Stück. Die Promenierenden betrachteten voll Rührung die Tüchlein, die hölzernen Miniaturen und die Scherenschnitte. Manche hoben ein Monokel vor die Augen, um das winzige Motiv zu erkennen.

«Si tüend öberefahre», lässt Maria Antonia sich vernehmen. «Z'Alp fahre». Sie hebt den Stickrahmen vor ihre aus der Spitze purzelnden Apfelbrüste. Erklärt den Leuten die Alpauffahrt.

Dem Zug voran geht ein Bub mit einer Schar Geissen, ein Mädchen treibt die Tiere an. Dahinter schreitet der Senn in gelben Kniehosen, messingbeschlagenen Hosenträgern und leuchtend rotem Brusttuch. Über der linken Schulter trägt er den geschnitzten Fahreimer. Ihm folgen drei Kühe mit Senntumschellen und Papierblumenkranz um die Stirn. Hinter der Herde marschiert der Besitzer der Tiere. Der Alpaufzug endet mit der Ledi. Das ist das Pferdefuhrwerk mit den Holzgeräten, die auf der Alp benötigt werden, Näpfe, Melkeimer, Schütteimer, Butterfass, Surfass und Tanse.

Ein junger Mann skizzierte mit fliegendem Stift die Schaustickerin beim Vorzeigen und Erklären der Ware. Ihre Silberanhänger am Mieder klirrten beim Lachen. Er versuchte, diese Bewegung einzufangen, und machte eine Detailskizze von den flinken Fingern, die aus Netzhandschuhen ragen. Nur Spitzen berührten ihre Haut. An den Puffärmeln flatterten Seidenbänder. Die weissen, gelochten Strümpfe waren unter den Knien mit Gänseblumensträusschen verziert.

Sie sei ihm wie ein «Fairygirl» erschienen, wird er fünfzig Jahre lang behaupten.

Sein Fairygirl wird ihn in einem Winkel seines Kopfs durch Ruhm und Glanz begleiten. Doch an jenem Tag in Lugano ist er noch ein unbekannter schlaksiger Jüngling in einer amerikanischen Uniform. Er zählt keine achtzehn Jahre. Und gehört zur Entente.

Am schweizerischen Ufer des Luganersee fiel ein Alliierter auf. Die Promenierenden drehten nach ihm den Kopf.

Für die Schaustickerin aber ist der Alliierte Luft. Vielleicht war er zu jung und unerfahren, um der Stickerin des Teufels mit dem Bombardement seiner Blicke zu imponieren. Sie will verkaufen. Zu diesem Zweck hat sie sich auf den beschwerlichen Weg übers Gotthardgebirge gemacht. Der Jüngling zählte nicht zu ihren Kunden.

Sie streckte den Arm aus und nahm die Sonne auf ihre Nadelspitze.

«Ich male ein Kunstwerk auf ihre Haut, Madame.» Die Dame, die ihr Stickgewebe bewunderte, setzte den Spaziergang fort. Aber der Uniformierte sank vor ihrem Klappstuhl in die Knie, um sich dieses Tüchlein über den Handrücken zu breiten.

«A Fairytale!»

«Nonono! Ein Mouchoir!»

Wochenlang sah der Jüngling nur Schutt, Verstümmelte, zerstörte Dörfer. Die Flüchtenden stiessen ihre letzte Habe auf Fahrrädern westwärts. Frauen legten sich den Karrenriemen um die Stirn, weil die Zugtiere auf den Kriegsfeldern umgekommen waren. Auf fast unpassierbaren Strassen drängten sich zerlumpte Menschen. Sie suchten einen Weg aus der Hoffnungslosigkeit.

Doch jetzt: Diese junge Frau mit dem klingelnden Miederschmuck, die mit Lilienhänden an der Ausstattung für eine geordnete, blitzblanke und wohnliche Welt stickt.

Er stellt sich vor: Disney Walter Elias aus Missouri. Weil er Fünftonner zu fahren vermag, hat die Armee ihn trotz seines jugendlichen Alters genommen. Das Red Cross Ambulance Corps in Frankreich benötigte Freiwillige, um verletzte Alliierte zu den Häfen zu bringen.

Seinen Urlaub nutze er für diesen Grenzübertritt. «To see Switzerland in peace.»

Er deutet auf seine Skizze. Er sei Zeichner. Die Promenade am Luganersee und die Kulisse der Swissalps sei beautiful, clean and just perfect. A Paradise. Doch dies alles ist für den Maler nichts im Vergleich zum Anblick der Reihe puppenhafter Stickerinnen auf samtenen Klappstühlen, die das Seeufer säumen.

Er schlägt aufs Croix de Guerre an seiner Brust.

«Great Opera.»

Der Alliierte betrachtet jedes einzelne Handwerksstück, das während des endlosen Kriegs im Grüt angefertigt worden ist. Die bemalte Tabakspfeife, die Lederbänder mit Messingkühen, die Scherenschnitte und Miniaturbilder. Er wundert sich, dass es einen Ort auf dieser Welt gibt, wo die Kühe Schmuck auf den Hörnern tragen, die Männer sich ein winziges Schäufelchen ins

Ohrläppchen hängen und mit blinkendem Brustschild hinter ihren Geissen herlaufen.

Maria Antonia aber hofft, der dahergewehte Amerikaner werde etwas kaufen.

Während er das bemalte Fensterbrett betrachtet, überlegt sie, ob er für die Holzmalerei in Grösse eines Biberfladens einen Dollar bezahlt. Im Kopf überschlägt sie den Umrechnungswert.

«Who is the Artist?», will er wissen.

Antonia ist sprachlos. Nie hat ein Käufer nach dem Maler gefragt. Niemand sonst sieht in diesen Holztäfelchen mehr als das Gepinsel eines Kleinbauers, der nach der Stall- und Feldarbeit ein wenig malt. Es beschämt sie, weil ein Amerikaner kommen muss, damit auch sie selbst in ihrem Vater den Künstler statt den Geissenbauer sieht.

Er hat die Heemet in seine hügelige Landschaft gepinselt. Vor dem ockergelben Giebelhaus steht ein Bauer vor dem Scheitstock, um Brennholz zu schlagen. Ein Schwein gräbt im Hof nach Fressbarem. Hornvieh grast im Feld voller Blumenpunkte. Gescheckte Hühner sind über den Acker gestreut. Stangenbohnen ragen in eine flockige Wolke hinein. Und ein Schulmädchen mit umgehängtem Brotsack hüpft bergab. Die Malerei zeigt den idealen Tag im Leben eines Kleinbauers. Vater Räss malt seinen Traum von einer geordneten Welt in kräftigen Farben.

Der Alliierte ist beeindruckt. Ein Zwergenland? Im Herz vom zerbombten Europa?

Er deutet aufs Giebelhaus und das barfüssige Mädchen.

«Your home? Are you that girl?»

Vielleicht war es Rosa oder Mili oder Maria Antonia. Im Ausschmücken seiner Bilder pflegte Vater Räss zu schummeln und zu prahlen. Es gibt kein Hausschwein im Grüt. Die einzige Kuh musste in der Notzeit geschlachtet werden. Seit Jahren fehlt das Geld für Ockerfarbe, um das Giebelhaus aufzufrischen, damit es demjenigen auf dem Miniaturbildchen gleicht. Vater Räss gelingen auch im Elend schöne Bilder. Das Fehlende fügt er einfach ins Arrangement.

Vater Räss' Art, sich zu trösten.

Die Art dieser Sippe. Sie überpinselt Mängel. Es hilft den einzelnen Familienmitgliedern, anzunehmen, was ihnen vom Leben zugestanden wird.

Der Alliierte zählte fünf Dollarscheine in die Hände der Schaustickerin. Ein Vermögen. Mit der Holztafel trat er aus dem Schatten der Alleebäume. Am See war das Licht heller. Er nahm sich Zeit, um alle verborgenen Winzigkeiten der Malerei zu betrachten. Das barfüssige Mädchen, den Bauern, die glitzernden Scheibenfenster, die Kohlköpfe im Beet. Auf einem Bohnenstickel entdeckte er einen in die Wolke hineinragenden Schatten.

«What's that?»

«Eine Maus», gab die Schaustickerin zur Antwort.

Diese unfassbar winzige Maus wird das Leben des schlaksigen Jünglings verändern. Sie ändert die Welt. Aber an jenem Tag am Luganersee war der junge Mann von anderen Ideen erfüllt. Er bewunderte den Künstler dieser Miniatur. Er wollte eine ähnliche Zauberwelt erschaffen. Dies lag noch in weiter Ferne. Erst musste die Maus ihre vierfingrige Hand unter seinem Zeichenstift ans Licht recken. Dann sich langsam an die Oberfläche arbeiten.

«Es wird geschehen. Somehow, somewhere. In my mind.»

Der Zeichner versicherte, dass Amerika auf eine Schaustickerin wie Maria Antonia warte. Es gibt dort viele Boulevards. Und auf einem jeden gibt es einen Platz, speziell für sie. Auch für die Maus vom Grüt.

Maria Antonia habe dem Jüngling ihr allerschönstes Mouchoir als Pfand in die Uniformklappe gesteckt. Und er, Disney Walter Elias aus Missouri vergrub seinen Mund im Duft ihres Haars.

Als könne es niemals etwas geben, das sie trennt.

Doch er musste sich lösen. Ihr Seufzer zerriss ihre Bluse.

Sie werde ihm schreiben.

Er werde ihr antworten.

Herr Manser mischte sich ins Gespräch von Maria Antonias Verwandten.

«Nicht einmal ein Ami hat nach dem Krieg fünf Dollar für die Miniatur von einem Geissenbauer bezahlt. Dem rotznasigen Ambulanzfahrer ging es nur ums Abenteuer mit einer Schaustickerin. Er war auf Urlaub und hatte seinen Sold in der Tasche. Er hat sich nur wegen der schmucken Uniform bei der Army gemeldet. Kaum übergab ihm das Rote Kreuz in Frankreich einen Ambulanzwagen, malte er ein Croix de Guerre auf seine Uniform. Es sah dem Verdienstorden täuschend ähnlich. Dieser Leonardo da Disney hat der Kleinen imponiert. Der funkelnde Zauberstab war nicht von ungefähr sein Gütezeichen. Er hat ihr den Kopf verdreht. Danach hat er sich im Pixie-dust aufgelöst. Das Mouchoir mit ihm. Zurück blieb eine verstörte junge Frau.

Meine Frau!

Das ist die Wahrheit!»

Er spazierte zum Anwalt zurück und schlug mit einem zufriedenen Grunzen die Beine übereinander.

Die Kursaison von Lugano veränderte die Kleine vom Grüt. Sie war zum ersten Mal verliebt und tanzte am Rand des Glücks. Statt zu essen, zerkrümelte sie ihr Brot. Statt zu schlafen, starrte sie in die Dunkelheit. Die Stickarbeit liess sie sinken und lehnte die Stirn an die Fensterscheibe. Zuckte zusammen, wenn eine Stimme sie rief. Rannte in den Garten, um Bläss zu herzen. Tauchte das Gesicht in den Brunnen und kehrte mit gepflückten Nussbaumblättern zurück. Wenn die Geschwister ihre Handarbeit weglegten, blieb sie noch lang im Licht der Dielehex sitzen. Sie schrieb Briefe.

Habe ich Dich geträumt. Gestickt? Oder gibt es Dich wirklich?

Die Familie Räss nahm die Veränderung wahr.

Aber man habe kein Wesen um dieses Ereignis gemacht. Zuckte bloss die Schultern. Kinderreiche Familien haben andere Sorgen.

Im Grüt traf nie ein Brief mit dem Stempel der US-Army ein. Ein Amibrief hätte nicht nur die Neugier von Post-Babette, sondern von allen Bewohnern erregt. Sensationen blieben nie geheim.

Doch die kleine Räss kaufte Büttenpapier und begann, Briefe zu schreiben. Sie besorgte sich ein schön bemaltes Holzkästchen, um dieses Papier, ihr Tintenfass und einen eleganten Federhalter darin aufzubewahren. Auf jeder Reise führte sie das Holzkästchen mit. Der Schlüssel hing an einer Kette um ihren Hals.

Sie schrieb bis ans Lebensende ihre Briefe auf Büttenpapier.

Einige sind zurückgekehrt mit Stempel *UNZUSTELLBAR*. Die Anschrift war falsch, der Adressat verreist oder verschollen. Sie bewahrte die Briefe auf.

Man fand diesen Packen. Mit einem Seidenband umschlungen.

Ich habe ihn im Rathaussaal zur persönlichen Hinterlassenschaft gelegt.

Nach Begutachten der Schmuckstücke wandten die Erben sich diesem Packen zu. Maria Antonia Räss war eine gescheite Frau. Aber nicht klug genug, ihre Büttenpapiere zu verbrennen. Ich bestaunte die gleichmässige und gestochen scharfe Schrift ihrer Feder. Manche Anfangsbuchstaben waren ummalt, wie in den Pergamenten des Klosters St.Gallen. Kein Wort war durchgestrichen. Die Gedanken sind ihr nie vorausgeeilt. Sie musste kaum Korrekturen anbringen. Jedes einzelne Wort hat sie besonnen und konzentriert mit ihrer Feder aufs Papier gemalt. Fürs Auge. Und die Ewigkeit.

Die Verwandtschaft riss das Seidenband der Packen auf und griff sich wahllos einige Umschläge. Als fünfunddreissig Personen in den gehüteten Geheimnissen der Verstorbenen zu wühlen und forschen und spotten begannen, wurde mir übel. Ich musste mich daran gewöhnen, dass auch Briefpacken nach dem Tod ihres Besitzers in die Hand fremder Menschen fallen. Es geht Notare nichts an, wenn die Erben jeden Satz um- und umdrehen, belächeln, sich an den Intimitäten gar ergötzen. Wir müssen Distanz wahren. Den Übergang der Güter ordnen. Die Nachlass-Akte formulieren, Dienstbarkeiten festhalten. Notare sind stiller Gast beim Erbschaftsstreit. Wer nicht versteht, dass Menschen mehr wollen, als sie bekommen, ist in diesem Metier fehl am Platz.

Ich habe mich ans gierige Abräumen des Tischs mit den persönlichen Gegenständen gewöhnt. Aber ich konnte Angehörige nie verstehen, die papierene Zeugen des prallen Lebens von

Nahestehenden belächeln und achtlos auf dem Notariatstisch zurücklassen.

Für den Schredder!

Nach der Kursaison in Lugano haben sich die Stickarbeiten der Tochter des Geissenbauern geändert. Sie durchforstete alte Designerbögen und erdachte neue Ornamente. Danach begann sie, ihr eigenes Label zu kreieren. MRA steht für Maria Räss Antonia. Am Anfang sind die drei Buchstaben von einem Ring umfasst. Später ragt das R aus der Mitte heraus, und die seitlichen Buchstaben lehnen sich an. Dann schmuggelt sich eine Biene, ein Tautropfen, ein vom Wind durchkämmter Grashalm auf den Ring.

Sie stickt Schmetterlingsflügel.

Sie stickt den Sturm.

Sie lässt sich mit dem Sturm übers Meer zu Walter Elias tragen.

In St.Gallen jagt sie nach allerfeinsten Nadeln und Stoffgeweben. Ihr Eifer spornt auch Katri, Rosa und Mili an. Die Stickereien der Schwestern fallen auf. Neben dem Plattstich führen sie den sogenannten Hohl- und Spetzlistich aus, der jeder Arbeit ein besonders kunstvolles und filigranes Aussehen gibt. Durch Beimischen allerfeinster Glanzfäden erzielen sie zusätzliche Leuchtkraft.

Nach dem letzten Stich wird das Werk an zwei Zipfeln vors Fensterlicht gehalten. Dies ist der Höhepunkt. Alle Räss versammeln sich, äussern ihre Meinung und klopfen schliesslich den Stickerinnen auf den Rücken.

Die neue Art von Stickerei erzählt ein «Fairytale».

Zur gleichen Zeit floriert aber auch Mansers Blusenfabrik. Die Frauen arbeiten dort im Schichtbetrieb. Die Auslieferung der

Ware geschieht gegen neue Kronen, der Währung mit Goldgarantie zum Umtausch in Schweizerfranken.

In der Nachkriegszeit sei ein kluges Jonglieren mit Währungen erforderlich, meinte der junge Wirtschaftsmann.

Weil ein Schulfreund sich bei der Regionalbank in die Direktion hochgearbeitet hatte, liess er sich bei diesem zur Gestaltung ihrer künftigen Geschäftsbeziehung anmelden. Der tüchtige Lehrerssohn erwartete den Finanzchef der Blusenfabrik. Er liess ihn seine neue vielversprechende Idee samt deren Finanzierung erklären. Am Ende des Vortrags legte Niko einen neuen Notenschein von nominal 10.000 Kronen auf den Sitzungstisch.

«Was ist das?»

«Meine Teilfinanzierung.»

Sorgfältig strich Niko die Knitterung glatt. Diese Note sei der Gegenwert von 500 hochwertigen Manser-Blusen. Und das Versprechen der untergegangenen österreichischen Monarchie, die aufgedruckte Summe in klingende Münze umzuwandeln.

«Das sind umgerechnet etwas über 1 US-Dollar, Niko. Das ist der Gegenwert von nichts. Vernichtetes Kapital. Papier zum Wischen deines Hinterns. Das Versprechen der neu gegründeten Republik gilt null und nichts. Wiener Banken handeln die Krone als Baissepapier par excellence. Andere Unternehmer bunkern ihre wertlosen Bestände.»

«Willst du sagen, unsere gut gehende Blusenfabrik sei bankrott?»

Sein Schulfreund faltete nickend die Hände über dem Schein.

Der Herr Anwalt protestierte zum zweiten Mal gegen die Zweckentfremdung des Rathaussaals zur Stobete.

Dies sei eine Erbteilung. Kein Plauderstündchen. Kein Klamauk. Der Rechtsakt laufe aus dem Ruder. Von einer Urkundsperson erwarte er die Leitung dieses Akts. Und vom assistierenden Fräulein Rita ein ernsthaft geführtes Protokoll.

«Zur Erinnerung: Wir verhandeln hier die Güterverteilung der verstorbenen Maria Antonia Räss. Wir verhandeln unseren Anspruch. Die Berechnung unserer Quote. Die Teilungsakte. Und die Aushändigung der Erbschaft.»

Sein Mandant nahm dem Anwalt die Aktenmappe aus der Hand, stellte sie zu Boden und ergänzte die Rede des Anwalts. Hundertmal habe er den Innerrhodern erklärt, wie brillant die Idee gewesen sei, hier eine Blusenfabrik aufzubauen.

«Aber jedes Geschäft birgt auch Risiken. Die Financiers haben mit ihrer neuen Kronenwährung eben eine andere, noch brillantere Idee gehabt. Der Schlauere gewinnt. Ha!»

Für seine Adoptiveltern muss der Kurssturz eine Katastrophe gewesen sein. Sie haben alles verloren. Im schlimmsten aller Momente bot auch ihre Schwiegertochter in spe keinen Trost. Diese drückte die Filz-Cloche auf ihren Kopf, setzte sich ans Steuer von Nikos grosser Karosse und tuckerte zu ihren Eltern nach Deutschland zurück.

Doch Niko wäre nicht Niko, wenn er nicht bei jeder Flaute eine neue Idee aus dem Hut zaubern könnte. Seine neue Idee hiess: Maria Antonia Räss.

Er traf sie zufällig in St. Gallen beim Einkauf einiger Stoffballen. Das valutastarke Amerika platzierte zu dieser Zeit hohe Dollarsummen in feine Textilartikel. Und Niko plante die Neuausrichtung seiner Fabrik. Dazu brauchte er ein Label. Einer, der jetzt zugriff, konnte seine Fabrikation auf Jahre sichern. Und die Marke seiner Jugendliebe vom Grüt war bereits ein Begriff.

Vor dem Geschäft lehnte er sich mit gekreuzten Beinen an

sein Automobil. Wie sie vorbeirennen will, stellt er sich ihr in den Weg.

«Hoppla! Kleine Räss.»

Sie sei im Frühling als Schaustickerin nach Lugano aufgebrochen. Und jetzt im Herbst als Schönheit zurückgekehrt. Chapeau! Mit den Fingerspitzen pflückte er einen Kuss von seinen Lippen. Dann legte er die Hand auf ihren nackten Arm, wie um Flöte zu spielen, und erklärte ihr die Situation. «Du stickst für eine Bande abreisserischer Fergger. Willst du bis ans Ende der Tage Schmetterlinge und die gedrechselten Miststöcke von Innerrhoden sticken?»

Er forschte nach der Wirkung seiner Rede. Der flotteste Jüngling von Appenzell war gewohnt, in den Augen der Frauen ein Flackern von Anziehung zu finden. Aber Maria Antonia stand einfach da. Und schaute. Und schob den Mund vor. Wie früher im Webkeller. Er wurde wütend und warf ihr mangelnden Verstand vor.

«Es fehlt Dir de nötig Gröz.»

Sie blieb ungerührt.

Er riss die Beifahrertür auf, um der Bockigen seine Glanzidee auf der Heimfahrt zum Grüt zu erklären. «Ich lanciere für dich die Marke MRA, Schätzchen! Es geht um unsere Zukunft.»

Die Tochter des Geissenbauers hob nur eine Braue. Und setzte ihren Weg fort.

Sie wird nie wieder die Nadel für jemands Kunstwerk fädeln.

GO WEST

Nach Nächten des Grübelns schiebt sie den Tellerfuss ihres Stickrahmens beiseite. In weissen Lochstrümpfen und neuen Schuhen stellt sie sich vor die Familie und formuliert den berühmten Satz:

«Ich wandere nach Amerika aus.»

Die Familie war nicht sehr überrascht. Ungewohnt war nur, dass eine Frau diesen Satz ausspricht. Bisher waren es junge Männer, die drüben den Fladenhut jauchzend vom 20. Stockwerk in die Häuserschlucht werfen wollten. Die ihrer Familie erklärten, der Ozean sei genauso grün und hügelig wie die Umgebung der Heemet. Nur ausgedehnter. Ein Wellenhügel ohne Anfang und Ende. Er tanzt, brüllt und speit Gischt. Natürlich liegt jener Kontinent nicht gerade um die Ecke. Die Überfahrt dauert ihre Zeit. Das Schiffsbillett ist auch nicht billig.

Die junge Maria Antonia will nicht heiraten, keinen Säugling wickeln oder Abertausend Rosenkränze für ein gnädiges Ableben beten. Sie hat anderes im Kopf.

«I go west!»

In jenen Tagen spürt die Familie noch die Schiffsuntergänge der Titanic und Lusitania in den Knochen. Das Überqueren des

Atlantiks ist eine Reise ins Ungewisse. Sie bangt ums Leben der Auswanderin.

Es gilt, Vorteil gegen Nachteil abzuwiegen.

Die Kleine hat Erspartes im Strumpf. Sie steht mit beiden Füssen auf dem Boden. Und sie hat ihren Kopf. Drüben gibt es keine Nachwehen des Kriegs. Dort investieren sie in Dollars. Mit dem Überschuss vom Verdienst können die Leute sich einen Kragen aus Spitzen, sogar einen Untersatz für den Hundenapf leisten. Es gibt Filmstars, die sich nicht nur im Schlafzimmer, sondern vor einer Kamera in hauchzarten Spitzen räkeln. Die Kleine kann dem Grüt auch dort von Nutzen sein.

Man kenne, meinte Vater Räss, Auswanderer, die es drüben vom Tellerwäscher oder Holzflösser oder Goldgräber zum Millionär gebracht haben. Später sind sie im Luxusdampfer in die alte Heimat zurückgekehrt. In Europa haben sie den Borsellino aufgesetzt, den Astrachan-Kragen hochgeschlagen und sind wie ein Mafiaboss in Streifenhose und Lackschuhen von Bord marschiert. Beim Besuch der barfüssigen Verwandtschaft prangten an ihren Händen so viele Ringe, dass sie die Finger spreizen mussten, um beim Prahlen gehörig zu fuchteln. Die Familie war so eingeschüchtert, dass sie sich erst äusserte, als der Mafioso um die Hausecke bog.

«Dem Tellerwäscher fehlt das ‹Savoir-Vivre›.»

Rosa und Mili warfen sich schluchzend in die Arme der Schwester. Katri und die Mutter wischten mit dem Schürzenzipfel Tränen vom Gesicht. Die Brüder vergruben ihre Hände in den Taschen und starrten in die Ferne.

«Du gehst dem Grüt ab.»

«Ich kehre zurück.»

«Zum Sterben?»

Alle wissen: Wer diese Hügel verlässt, kehrt nur zum Sterben zurück.

Beim Anzünden seines «Lindauerli» zitterte die Glut am Span von Vater Räss. Er musste geahnt haben, dass er die Rückkehr seiner Tochter nicht mehr erlebt.

Auch er war in Amerika. Es war eine Entscheidung der Vernunft. Er ging nicht, weil ihn eine mit Exotik gepfefferte Fremde lockte. Es gab einen gewichtigeren Grund, um die junge Frau zurückzulassen. Das Grüt konnte keine Grossfamilie ernähren. Gute Vorsätze und die Spalte des Ehebetts genügten nicht, um die Weichheit, den Duft und die elektrisierende Berührung des Frauenkörpers zu vergessen. Für Vater Räss bedurfte es eines Ozeans, um der Verlockung zu widerstehen. Er musste die Rückfahrkarte abarbeiten. Doch wider Erwarten konnte Räss das Geld für die Rückfahrkarte in Rekordzeit zusammenraffen. Er dampfte über den Ozean und traf zu Hause die gebärfreudige Gattin noch in der Blüte seiner Manneskraft an.

Maria Antonia fand, ihre Abwesenheit werde der Familie kaum auffallen.

«Wann war ich denn im Grüt?»

Sie pendelte zwischen der Heemet und dem Webkeller. Später ging sie mit dem Ferggern in die Kursaison. Ihr Reisebündel lag immer bereit. Künftig würden ihre Schwestern und Brüder keine Zeit zum Nachdenken haben, weil die Auswanderin sie mit Bestellungen für amerikanische Kunden bombardiere.

Alle Auswanderer glauben an eine goldene Zukunft. Versprechen, Dollars zu schicken.

Das Wort von Maria Antonia hatte Gewicht. Selbst die männlichen Familienmitglieder widersetzten sich nie ihren Plänen.

Die Reise buchte sie auf der Olympic, die in Bezug auf den Komfort der Titanic glich. In der dritten Klasse bot diese mehr Bequemlichkeit als andere Passagierschiffe.

Die Grösse habe Maria Antonia dann aber doch überrascht. Vom Pier trug sie ihr Gepäck eine endlose Treppe hinauf. Das Manöver des Ablegens sei ein eindrückliches Erlebnis gewesen. Sie konnte von der Reling auf die zurückbleibende Menschenmenge herabschauen. Das unermüdliche Winken, das allmähliche Erlahmen und Sinken der Arme, sei zur letzten Erinnerung an den alten Kontinent geworden.

Sie schmeckte die salzige Feuchtigkeit auf der Haut. Ihr Vater hatte recht: Das Meer ist ein endloses brüllendes, tobendes, schaumgekröntes Wellengebirge. Im Schiffsrumpf wimmelte es von Platzsuchenden. Decken und Mahlzeiten wurden ausgebreitet. Passagiere übergaben sich. Gestank breitete sich aus. Sie, die bisher nur Weissstickereien in den Madonnen-Händen gehalten hatte und die frische Luft auf dem Grüt einatmete, musste im Erbrochenen der Olympic schlafen.

Das Stampfen der Schiffsmotoren begleitete seine von Hoffnungen beflügelte Fracht. Nach vierzehn Tagen verstummten die Maschinen. Ein Faden Licht umstippelte die Skyline von New York. Fabrikschlote säumten das blasse Ufer. Die Luft roch nach Maschinenöl. Der Dampfer legte im Hafen des Hudson River an. Ellis Island, die Insel der Tränen, wartete. Die Passagiere klatschten, weinten und ergriffen ihr Gepäck.

Hunderte von Menschen drängen die 50 Stufen zum Registrierraum hinauf. Dort wird übers Schicksal der Fracht entschieden. Ein Arzt schaut sich Hände, Gesicht und Haare an. Maria Antonia beantwortet neunundzwanzig Fragen. Atemnot? Mühe beim Aufsteigen? Weiche Knie nach der langen und stürmischen Überfahrt? Nichts wies bei Maria Antonia auf ein Leiden hin. Man fand keinen Herzfehler, keine Infektion, keine Senilität.

Die kleine Räss darf durch die Tür mit der Aufschrift »Push to New York«. Bei Babette von der Post rattert eine Maschine die Depesche: Gute Ankunft.

Die junge Frau stellt ihre zwei winzigen Füsse auf den Boden des American Dreams.

«New Eve» am Ort, den sie sich zum Leben ausgesucht hat.

Ihre Geschwister haben sich manchmal gefragt, warum nicht auch sie das Abenteuer wagten. Es ist kein Privileg, von den Aufträgen einer Auswanderin abzuhängen. Oder mit der Hoffnung zu erwachen, im Weissbad könne man plötzlich wunderbarerweise die Molke der Geissen benötigen, weil dort wieder Kurgäste auftauchen.

In den Nachkriegsjahren sehnte sich die Sippe nach den Vorkriegsjahren, da hochwohlgeborene Herrschaften einen Sommer lang in der Schotte ihrer Geissen badeten. Sich im Herbst wie Vögel miteinander in die Luft hoben, um als Wolke den vollgeschissenen Ort zu verlassen.

Die hohen Gebäude von New York haben die Auswanderin am meisten überrascht. Dass Menschen ihre Häuser in den Himmel mauern. Dass sie ihre Stadt horizontal zu einer grandiosen Skyline hinziehen. Auch die Menschenmasse versetzte sie in Staunen.

Wie Ameisen hasten sie durch die steinernen Kluften oder sausen in Liftkabinen an den Gebäuden hoch, schrieb sie nach Hause. Sie fand, das Leben hier übersteige das appenzellische Mass der Vernunft. Erschrak aber weder über den Lärm, das Gewühl, noch die Grösse. Wenn es etwas gab, das Maria Antonia aus der Fassung bringen konnte, dann höchstens das Ergebnis ihrer Kopfrechnung. Anzahl Hochhäuser mal Appartements mal Zimmer. Dies ergab einen gewaltigen Bedarf an Spitze. Eine Stickerin war willkommen.

Sie schwor, diesen Bedarf zu decken.

Die New Yorker haben nicht auf die Appenzellerin gewartet. Diese hoffte aber, sie würden ihre Augen nicht mehr nur auf Asphalt, Glas, Stahl und Beton richten, wenn feinste Spitzen in ihrem Blickfeld wehen.

Als Erstes meldete sie ihre Ankunft dem Soldaten mit dem Namen Walter Elias Disney.

Ich bin da! Wollen wir unser Fairytale beginnen?

Dann zog sie ihre Festtracht an. Auf dem belebtesten Boulevard erwartete sie stickend ihren Alliierten. Irgendwann muss ein jeder Stadtbesucher an ihr vorbei.

Sie hat keine Ahnung, dass der Zeichner sich zur selben Zeit von Bohnen und Brot ernährt. Er besitzt nicht einmal Schuhe für eine Reise nach New York, denn er kann die Reparatur des Schuhmachers nicht bezahlen. Sein Name ist unbekannt. Seit der letzten Begegnung sind zwei Jahre vergangen. Dies ist eine lange Zeit.

Inzwischen ist er liiert und arbeitet in Hollywood an einer Kurzfilmreihe mit dem Titel Alice in Cartoonland. Er konnte noch knapp den Film mit dem Titel Alice's Wonderland zu Ende drehen, als sein Studio geschlossen wurde. Nach der gängigen Praxis lagen die Rechte seiner Zeichnungs-Comics in der Hand eines Film-Syndikats.

Man hat ihn um die Früchte seiner geistigen Arbeit gebracht. Walt war ernüchtert. Und deprimiert.

Sein Fairygirl zog unentwegt Fäden durchs Gewebe. Und die Welt huschte vorbei.

Ich träumte, ich hätte Flügel und Du seist mir vorausgeflogen. Ich warf mich in die Luft. Doch meine Federn waren von Sticknadeln durchlöchert. Sie trugen mich nicht.

Maria Antonia schickte eine Ansichtskarte in die Schweiz mit den Worten:

Es gefällt mir hier. Macht Euch keine Sorgen um mich.

«Natürlich machten wir uns Sorgen, als wir den Nachsatz lasen. Er hat uns aufgeschreckt. Was ist passiert? Hat der amerikanische Pinsler sie sitzen lassen? Unsere Kleine, die seelenruhig unter bombenbeladenen Zeppelinen stickt, würde dies niemals gestehen. Nicht einmal mit Gewalt könnten wir eine Klage aus ihr schütteln. Eine Stickerin des Teufels bricht nicht in Gejammer aus, wenn eine Hoffnung flöten geht. Sie schleudert die Mähne zurück, schnäuzt sich die Nase und beginnt, den gewaltigen Bedarf an Stickerei von New York City zu decken.»

Sie habe sich mit dem Sticktambourin vor ein Geschäft gesetzt, das Hauswäsche verkaufte.

Ich nahm die Nadel aus bestem Stahl zur Hand.

Sie zog die erste Fadenlänge ihres American Dreams durch den Stoff. Neugierige sammelten sich. Sie musste ihre Hände zu Hilfe nehmen, um den Zuschauern zu erklären, dass sie für europäische Fürstenhäuser stickte. Sie war gewohnt, ihre hauchfeine Plattstickerei vors Gesicht zu heben. Diese zierte das Dessin einer Krone und das Monogramm eines europäischen Adelshauses. Die Promenierenden fanden das *very interesting.*

Plötzlich stand der Besitzer des Wäscheladens neben ihrem Tambourin. Er wollte wissen, was sie vor seinem Laden treibt.

«European way of life, Sir.»

Er dirigiert sie in seinen Laden. Sie musste einen Vertrag unterschreiben, der ihr gegen Teilhabe gestattete, bei gutem Wetter vor dem Geschäft für seine Kunden zu sticken.

«American way of life, Miss.»

Ich bin jetzt die living show eines Wäscheladens an der Madison Ave. Meine Vorführung verursacht einen Stau. Anders als in Lugano, ist die Kundschaft hier gut bei Kasse. Auf Wunsch sticke ich Monogramme mit Monarchen-Krone. Für einen Aufpreis ist auch der Adler mit aufgefalteten Flügeln zu haben. Manche möchten auf den Manschetten, Krägen und Taschenaufsätzen eine luxuriöse Krone. Die neue Welt hat auf Wäsche im Stil des europäischen Adels gewartet.

Ich schicke demnächst Sonderaufträge, die Mili, Rosa und Katri bitte auf Tüchlein sticken möchten. Ich kümmere mich um einen Übersee-Lieferdienst.

Anbei ein Hundert-Dollar-Schein für den Einkauf von Stoff. Eure Kleine

Auch dieser Brief steckte im Dokumentenbündel auf dem Rathaustisch. Die Verwandten reichten ihn von Hand zu Hand.

Die Räss hat sich geradeso durchgebracht. Stickte vom Morgen bis am Abend. Klagte nicht. Stickte ihre Tränen und Träume und Hoffnungen in den Stoff. Sie war jung, war keck und wild. Aber mutterseelenallein in New York.

Sie wird, so vermutete die Familie, bald einem New Yorker Geschäftsmann ihr tiefstes Augenschwarz einbrennen. Sie wird einen anderen als den Pinsler in ihre Tagträume einbeziehen.

Wo bist Du?
Hinter Dir. Wo ich immer bin.
Gib mir diesen Tag!
Ich gebe Dir den Tag, den Abend und die Nacht.

Die Sippe schilderte die Verstorbene als Mensch mit lebhafter Fantasie.

«Wir alle, die in der Stille der Heemet werkeln, haben Einbildungskraft. Wir erwarten, dass ein Liebster oder eine Liebste sich über unseren gebeugten Nacken neigt, während wir sticken, Silber hämmern oder Leder stanzen. In uns allen zittert die leise Hoffnung, begehrt und geliebt zu werden. Wir neigen dann leicht den Kopf, als ob fremde Lippen unser Ohr streifen.»

Maria Antonia bekam Hitzewallungen. Sie öffnete ihre würgenden Zöpfe, zauste das Haar und riss den Blusenbändel auf. In solchen Momenten sah sie ganz verbiestert und verwildert aus. Als hätte sie sich eben mit dem Mann der Träume am Boden gewälzt.

Regen verhinderte ihre Living-Show. Lange Schlechtwetterperioden zwangen sie zur Untätigkeit. Der Wäschehändler liess sie nur ungern in seinen Laden. Gab ihr widerwillig und zu einem minimalen Lohn einige Morgenröcke, die sie mit dem Namenszug seines Geschäfts besticken durfte. Sie setzte dieses Signet an eine augenfällige Stelle. Nach vierzehn Regentagen fügte sie in einer Ecke ihr winziges Label MRA hinzu. Da es noch immer nicht zu regnen aufhörte, applizierte sie ein vergrössertes MRA auf die Taschenklappen. Danach bestickte sie Brusteinsätze aus Tüll für die Morgenröcke. Die Kundschaft riss sich um diese Wäschestücke. Der Ladenbesitzer war fassungslos, als er auf jedem Wäschestück das Signet der gestrandeten Europäerin fand.

Ist sie gerissen? Oder einfach dumm?

Ich habe mich von meinem Arbeitgeber getrennt und eröffne mein eigenes Geschäft.

Maria Antonia mietete einen bezahlbaren Laden. Den Showroom stattete sie mit rotem Teppich, Vitrinen und Vogelaugen-Holz aus. Die eine Wand zeigte ihre Schaustücke. Die anderen Wände enthielten Regale mit Fächern und Schubladen für Mercerie-Ware. Laufkundschaft konnte sich hier handgedrechselte Knöpfe, Seidenbänder auf Rollen, Häkellitzen, Zierverschlüsse, Ansteckblumen und Stoffbeutel mit Lavendel-, Rosen- oder Mimosenduft besorgen. Die gläsernen Vitrinen enthielten Ansteckblüten aus Seide und schillernde Rieseninsekten mit perlbesteckten Fühlern. Die schönsten Stoffe aus Appenzell lagen unter Glas. Sie leuchteten im Licht eines gläsernen Lüsters. Kunstwerke fürs Auge.

Der Showroom mündete in eine Art Boudoir.

Da bin ich die Patronne und kann das Geschäft im Blick behalten, ohne gesehen zu werden.

Für die Kundschaft standen krummbeinige Samtsessel mit Knopfpolsterung bereit. Sie konnte in Ruhe ihre Wahl treffen. Im Boudoir stand ein antiker Sekretär mit Geheimfächern für Geld oder Schmuck oder private Dokumente.

Sie wollte hier ihre Briefe schreiben. Der Holzkasten mit dem Schreibzeug war griffbereit.

Ein Nebenraum diente als Atelier zum Sticken, Nähen, Monogrammieren und Bügeln.

Die Crazy-Woman habe rasch Fuss gefasst in der Stadt New York.

Dies wertete auch die Familie in Europa auf. Sie war stolz,

weil vom Grüt niemand drüben als Tellerwäscher endet. Dass ihre Auswanderer nicht nach einem halben Jahr schon wieder abgerissen auf der Fussmatte des Heemets stehen.

Da eine Depesche den hervorragenden Designer Oscar Tobler in Appenzell erreichte, mit der dieser gebeten wurde, für MRA in New York zu zeichnen, dehnte sich der gute Ruf der Tochter des Geissenbauern über die Kantonsgrenze hinaus. Tobler galt als einer der Bedeutendsten seines Stands. Dass er sich zum Zeichnen von Dessins für MRA bereit erklärte, wertete man als Ehre.

Eine zweite Depesche erreichte das Grüt.

Erwarte Katri raschestmöglich in New York. Schiffsbillett ist auf ihren Namen bei White Star Line deponiert.

Katri erschrak. Ein Wegzug vom Grüt? Der grauenvollste aller Albträume. Aber es stand für sie ausser Frage, nicht diesem Ruf der Schwester zu folgen.

Sie legte die Depesche aus den Händen, um zu packen.

Auch in New York wurden Mädchen mit Freude am Nähen, Sticken und Bügeln gesucht. Die neue Geschäftsfrau liess Visitenkarten drucken. Danach hielt sie es an der Zeit, ihrem Malerfreund die Eröffnung des eigenen Broderiehauses anzukünden.

... vor Kurzem erst angekommen verkaufe ich schon unter meinem eigenen Label.

Ich stelle mir vor, dass Du mir über die Schulter schaust. Dies erleichtert mir den schwierigen Anfang. Da schöne Dinge zu schönen Diven passen, schicke ich einige Visitenkarten. Ich wette, an jedem Deiner Finger hängen zehn grossartige Frauen.

Ich denke manchmal, wie schön es wäre, Dein Mouchoir für unser Rendezvous zu richten. Hörst Du, wie ich zehn Finger langziehe, dass sie knacken?

Doch schon über einen kurzen Brief von Dir wäre ich mehr als glücklich.

Als Disney den Brief der Schaustickerin aus Lugano las, stand er vor der Wahl: Den Traum vom Zwergenland aufgeben? Oder eine neue Trickfilmfigur erfinden? So einfach ist dies nicht, wenn die meisten Tierarten schon verwendet, sogar überstrapaziert sind. Er muss planen, abwägen und entscheiden.

Er beschloss, sein einziges Schuhpaar nicht für den Besuch des Fairygirls zu nutzen, sondern damit jenen Weg zu beschreiten, der ihn zur Zukunft in der Filmbranche führt. Er bestimmte seinen Bruder Roy zum Verantwortlichen für die Finanzen. Und den Zeichner Ub Iwerks nahm er als Art Director unter Vertrag. Zu dritt erschlossen sie ein neues Feld der Filmunterhaltung.

Das selbst gemalte Croix de Guerre an der Uniformbrust war gestern.

Heute verblüfft er die Welt mit der Formel für den todsicheren Kinoschlager. Trickfigur Kater Karlo soll mit echten Schauspielern vor realem Hintergrund über die Leinwand wetzen.

In den Wellenhügeln gab es vom Leben der Crazy-Woman in Amerika nur farbenfrohe, abenteuerliche oder gar fantastische Bilder. Anlässlich der Erbteilung wurden diese wie Seifenblasen zur Rathausdecke gehaucht. Ich war beeindruckt. Auch der Notar sah verzückt den schillernden Blasen nach. Die Räss ist schon zu Lebzeiten eine Legende gewesen. Unzählige Geschichten, Anekdoten und Gerüchte kursierten. Selbst in den grossen Broderiehäusern von St. Gallen hat man sie bewundert.

DAS MAGERE KASSABUCH

«Wann, Fräulein Rita?»

Der Schnauz eines flüsternden Herrn kitzelte mein Ohr. Als ich zusammenschrak, deutete er zum Tisch mit den persönlichen Gegenständen. Er wurde von Verwandten belagert. Ich verstand, dass die Räss auf die Eröffnung des Besitzstands warteten. Ich hatte noch keine Erfahrung über den Ablauf von Teilungen. Unserem Notariat lag von der regionalen Bank ein Kassabuch der Erblasserin vor. Die verteilbare Summe hatte ich bereits errechnet.

Ich merkte, dass der Herr mit dem Schnauz seinem Anteil entgegenfieberte. Auch Hulda und Hans Zellweger traten von einem aufs andere Bein. Und da der Notar keine Anstalten zur Eröffnung der Erbteilung machte, empfand ich es als recht und billig, den Erben einen Wink zu geben.

«Die anwesenden Damen und Herren werden eine nette kleine Summe erhalten.»

Die Sippe horchte auf. Die nette kleine Summe klang nach einem Trostbatzen.

Der Notar schien verärgert. Doch er gab mir ein Zeichen, das Kassabuch reihum gehen zu lassen. Der Saldo löste Bestürzung aus. Einige holten ihre Brille hervor, um die Zahl besser zu sehen. Man fuchtelte mit dem Heft.

Herr Manser schaute die Zahl kurz an. Lachte trocken. Und reichte das Kassabuch an seinen Anwalt weiter. Dieser zog den Reissverschluss seiner Aktenmappe auf, verglich die Zahl mit seiner Unterlage, schüttelte den Kopf und zog den Reissverschluss wieder zu.

«Da liegt ein Irrtum vor, Fräulein Rita. Da fehlen Nullen.»

Die Erben wussten, dass die Tante ihr Vermögen bei verschiedenen Banken deponiert. Sie liess sich von ihren Bankiers beraten. Sprach von dieser Berufsgattung in der Mehrzahl. Die Verwandtschaft malte sich eine Meute schwarz gekleideter Männer mit Sonnenbrille und Mappe aus, die der Tante folgt, sobald sie ihren Fuss auf Schweizerboden setzt. Sie war immer in Eile, hatte Verabredungen mit ihren Bankiers und ihren Juristen. Ständig blätterte sie in ihrem klotzigen Kalender nach einer freien Minute.

Der Anwalt fuchtelte mit einem Papier über seinem Kopf.

«Der Reichtum der Verstorbenen bestand nicht bloss in flüssigem Vermögen. Es gab ausserdem eine amerikanische Immobilie, ein gut gehendes Geschäft, Kunstwerke, Aktien-Pakete und eine Nobelkarosse.»

Der alte Herr Manser zog seinen fuchtelnden Anwalt auf den Sitz des Stuhls.

«Das Notariat soll seine Aufgaben machen!»

Die Herren falteten die Arme. Und warteten. Die Sippe teilte dieselbe Meinung. Ein Vermögen löst sich nicht in Luft auf. Dasjenige der Verstorbenen war immens. Um dies zu veranschaulichen, zeichnete Hans Zellweger mit beiden Armen einen riesigen Haufen vor seinen Bauch. Maria Antonia besass zwar eine Kleinigkeit bei der Regionalbank. Aber das war Geld zum Verplempern. Sie gab grosszügige Trinkgelder. Ein Geldschein in diesen Opferstock, einer in jene Sammeltüte, da eine Einladung zum Essen, dort eine Lieferung von Konfekt. Hulda seufzte und erklärte, dass diese Summe sicher fürs anschliessende Festessen im Hotel Hecht bestimmt sei. Die Tante hat immer bar bezahlt.

«Dieses Kassabuch ist für unser anschliessendes Fest! Die Musikanten, das Essen und die Taxifahrten zu den Heemet zurück.»

Ich bewunderte die Geduld des Notars. Er liess alle reden.

«Sie glauben, was sie glauben wollen, Fräulein Rita.»

Er belehrte nicht. Unterbrach niemanden. Hörte zu. Als alle schwiegen, erklärte er mit ruhiger Stimme:

«Das Verteilbare liegt auf dem Tisch. Schmuck, Briefe, Fotos und sonstige persönliche Andenken, alles steht zur Verfügung. Das Beautycase ist leider verschlossen. Den Schlüssel hat Fräulein Rita nicht auftreiben können. Wir haben die Tasche geschüttelt. Und kamen zum Schluss, dass sie leer ist.»

Er gab zu bedenken, dass das Erbe von jedem Einzelnen ausgeschlagen werden kann. Es fällt dann dessen Erben zu. Falls auch diese ihren Anteil ausschlagen, gehört es dem Staat.

Niko Manser schickte einen Blick zum Himmel. «Ich bezweifle, Herr Notar, dass es in der Sippe der Räss solch selbstgenügsame Personen gibt.»

Als zweite Tochter des Geissenbauers landete auch Katri in Amerika.

Mit einem Koffer an jeder Hand und einer um den Hals gehängten Handtasche wankte sie in Ellis Island von Bord des Schiffs. Ein eisiger Wind blähte ihr Cape.

Da war sie! Im Land ihrer Schwester.

Sie sei mager, fand Maria Antonia.

Las sie keine Briefe? Oder konnte sie nicht zwischen den Zeilen lesen? In Innerrhoden war die Heimarbeit rar. Die Familie muss schmalhansen. Dafür stossen in Ausserrhoden zwanzig Fabrikschlote ihren Rauch in den Himmel. Die Inneren sind Kunststicker. Die Äusseren aber sind Zudiener von hämmernden Stickmaschinen.

Für den Niedergang der Stickerei nach dem Ersten Weltkrieg gibt es viele Gründe. Die Weltwirtschaftskrise. Ein Preisaufschlag von importiertem Garn. Die Zölle. Die Entwertung der Währungen. Vor allem die Frauenmode. Nicht einmal Post-Babette zwängte sich noch in ein Korsett, Unterkleid und Überkleid. Früher trug sie einen ausladenden Hut. Nun pedalt sie ihr Veloziped ohne Kopfbedeckung. Rosa und Mili, aber auch Katri haben ihr Korsett fortgeworfen, um hübsche, lose Wäschestücke zu tragen. In allen Heemet sind die Frauen zum Einfachen und Praktischen übergegangen und gefallen darin den Männern.

Katri erzählte ihrer Schwester von der neuen Textilfabrik.

Mansers Niko ist arriviert. An der letzten Landsgemeinde prangerte er die Mentalität der Räss-Sippe an. Nicht mit zehn Rössern könne man die Bewohner der Wellenhügel zu den Maschinen schleifen. Sie würden eher hungern, als einem Verdienst ausserhalb nachzugehen.

«Für die ist ihre Heemet das Goldstück im Kuhfladen von Appenzell», behauptet der Schwätzer.

Katri hatte die Gewohnheit, sich beim Reden energisch auf den Rock zu klatschen. Wenn es galt, Widerspenstiges zu glätten, Krummes gerade zu biegen und Falsches zu richten, schlug sie auf ihren Rock ein. Den Geschwistern wurde dabei warm ums Herz. Denn wenn Katri einen Vorfall schilderte, hatte sie bereits alles in Ordnung gebracht. Und klatschte nun den letzten Staub aus dem Rock.

Katri brachte eine Kollektion Spitzen nach Amerika. Das neue Lehrmädchen mit dem Namen Beth wagte kaum, die Stoffe zu berühren. Auch den andern Angestellten seien noch nie solche Seidenstickereien durch die Finger geflossen. Beth faltete ein Wäschestück ums andere. Danach trug sie das zarte Gewebe auf den flach ausgestreckten Armen wie eine Messdienerin durch den Showroom, hielt beim gläsernen Kasten inne und sagte: «Eh voilà!»

Als alle Wäsche gebügelt, gefaltet und in Fächern verstaut war, nahmen die Frauen ihren Platz im Atelier ein.

MRA presents the new collection.

Das Schild hing weithin sichtbar im Fenster des Broderiehauses.

Es gibt von diesem grossen Tag im Leben unserer Tante eine Fotografie. Sie trägt zur Eröffnung eine Häkelbluse, die ihren Hals bis zum Kinn mit einem Netz umschliesst. Ein Zopf bekränzt ihren Kopf, und eine Rose steckt im Haar. Sie sitzt am antiken Sekretär, ein Bestellblock liegt aufgeschlagen vor ihrem geöffneten Tintenfass. Lächelnd wartet sie auf Kundschaft.

Steht die Uhr? Sie trommelte mit den Fingern aufs gelackte Holz.

Die Tante war immer in Bewegung. Meinte immer, jemand habe die Klinke gedrückt. Und rannte zur Tür. Beim Kontrollieren stellte sie dann fest, dass niemand das Geschäft betreten wollte.

In der ersten Woche wurde die Klingel des Showrooms dreimal betätigt.

Die erste Besucherin empfand die Mouchoirs als zu teuer. Die Patronne wies auf ihr Label als Garant für handgemachte Einzelstücke hin. Das Lamento der Kundin übertönte die Empfehlung der kleinen, verkaufstüchtigen Person. Denn im Kiosk nebenan bekam man fürs gleiche Geld einen Zentner Zellstofftücher von Kleenex zum Einmalgebrauch.

«O my God! Sie wollen Krepppapier, Madam, das im Ersten Weltkrieg als Filter für Gasmasken verwendet worden ist?»

Die zweite Besucherin liess sich die Bordüren an Wäschestücken zeigen, hielt sich längere Zeit auch am Schaukasten auf. Doch sie verliess das Geschäft, ohne sich zu äussern oder etwas zu kaufen.

Der dritte Besucher war ein Herr mit Hut. Er stolperte wohl irrtümlich ins Broderiehaus. Als Maria Antonia sich nach seinen Wünschen erkundigte, ruderte er einige Male mit den Armen, öffnete und schloss den Mund. Dann stürzte er auf die Strasse hinaus.

Am Wochenende steckt ein Brief unter der Tür des Broderiehauses.

Werte Dame!

Um vor Ihnen nicht als ein Epigone Charles Chaplins dazustehen, muss ich mein Benehmen erklären. Vergangenen Dienstag war ich in Ihrem Geschäft, um einen Schal zu kaufen. Es wurde kühl an diesem Tag. Sie bedienten eine Dame. Ich durfte Ihre Hände beobachten, die sich unter die Träger eines schön bestickten Hemdchens schoben. Auch durfte ich hören, dass Sie es waren, die dieses Kunstwerk schafften. Als Sie mir dann Ihre funkelnden, wachen Augen zuwandten, hat es mir den Atem verschlagen. Ich stürzte fort, denn ich spürte, dass kein Wort von Belang meinen Mund verlassen kann.

Ich habe nicht die Hoffnung, dass Sie sich an mich erinnern. Ich trug einen grauen Hut und einen ebensolchen Mantel. Wie auch immer. Seit jenem Tag kann ich fast keinen Bissen mehr zu mir nehmen und kein Auge schliessen. Meine Gedanken drehen sich fast ausschliesslich um Ihre sich unter die Träger schiebenden Lilienhände. Ich träume davon, solch ein Kunstwerk in Auftrag zu geben. Vor allem aber dem Spiel Ihrer Finger beim Nähen und Sticken zuzusehen. Ich möchte so gerne mein Wort an Sie richten. Doch wage ich nicht, die Stufe Ihrer Arbeitsstätte erneut zu überschreiten.

Nicht nach meiner jämmerlichen Flucht.

Und doch hoffe ich auf ein Zeichen, das mich ermutigt. Das mich stärkt in der Hoffnung, ich könne Ihnen beim nächsten Treffen als vernünftiger Mensch begegnen. Mir würde es gelingen, Ihren Blick auszuhalten, ohne zu stammeln. Und ich könnte das Funkeln Ihrer tiefschwarzen Augen ertragen, ohne sofort vor Schwäche in die Knie zu knicken.

Ich werde täglich um neun Uhr an Ihrem Schaufenster vorbeikommen. Sobald ich ein Zeichen Ihrer Nachsicht erkenne, indem Sie etwa die Präsentation Ihrer Auslage leicht verändern, so eile ich zu Ihnen, um ein gesticktes Tuch in Auftrag zu geben.

Ihr ergebener Karl Friedländer

Maria Antonia war eine anziehende Frau. Ihr Verstand glasklar. Ihr Blick das Funkeln der Hölle. Ihr feuchter Zyklamen-Mund zum Verlieben. Früh bot sie ihre mit Lilienmilchseife gepflegten

Hände den europäischen Hochwohlgeborenen zum Kuss. Die Berührung ihrer Hand verbrannte die Lippen des Küssenden. Die Kleine vom Grüt zeigte sich in den Wellenhügeln als Erste mit einem Schulterfuchs.

Sie gab den Leuten Rätsel auf.

Den Zauber, den sie auf Männer ausübte, hätte sie zu ihrem Vorteil nutzen können. Doch sie wollte es allein schaffen. Frei sein. Selbst entscheiden.

Katri kennt den Dickkopf ihrer jüngeren Schwester. Und sorgt sich um sie. Die Bocksprünge der kleinen Verrückten machen ihr Angst. Der Grund, warum Katri nach Amerika schipperte? Sie wollte der Kleinen an-die-Hand-gehen. Sie vor Dummheiten bewahren. Ein Quäntchen Vernunft in ihren Schädel trichtern.

Als Einzige der Familie empfand sie keine abgrundtiefe Ablehnung gegenüber dem jungen Manser. Sie stupste ihre jüngere Schwester an:

«Du könntest deinen Schulfreund Niko um Rat bitten. Er hat Wirtschaft studiert, er kann gut reden und verfügt über viele nützliche Adressen. Er fragt immer nach dir.»

«Er wäre mir behilflich, ich weiss. Aber nur gegen meine Seele als Sicherheit und zehn Prozent Zins.»

Der jungen Geschäftsfrau blieb kaum Zeit zum Sticken. Sie war jetzt eine Ferggerin, wie sie es sich einst erträumt hatte. Der Handel mit Broderie füllte jede Minute des Tages aus. Grosseinkäufer konnten bei ihr hochwertige Einzelanfertigungen bestellen. Sie garantierte für ein exquisites Design, feinste Stoffqualität, beste Nähzutaten und fachmännisches Handwerk. Sie bot auch Volkshandwerk aus anderen Ländern an und ging auf Kundenwünsche ein.

«Gefällt es Katri in Amerika?», fragten die Einheimischen die Familie Räss.

«Nein. Wolkenkratzer, Lärm, mit dem Zirkel gezogene Strassenschächte, das ist nicht ihr American Dream. Aber die Kleine ist dort.»

«Was macht die Schaustickerin in Amerika?»

Im Grunde wusste die Familie wenig. Ja, was tat sie dort eigentlich? Appenzellische Heimstickerei zum doppelten oder fünffachen Preis verkaufen? Liftfahren im Empire State Building? Vom hundertsten Stockwerk hinabschauen? Ein Taxi aus der Fahrzeugkolonne pfeifen und auf dem Rücksitz sich um zwanzig Blöcke schleudern lassen? Ihre zehn Küchenmaschinen aufdrehen und dem Heulkonzert lauschen?

Katri gab ihrer Familie nie Rätsel auf. Man wusste: Sie sitzt am Tambourin und stickt. Schaut zum Rechten. Richtet Krummes gerade. Wirft gelegentlich einem Fabrikanten Dörrschnitze vor die Füsse. Hat ein Auge auf die Crazy-Woman. Hilft, wenn sie gebraucht wird.

Niemand kam je auf die Idee, Katri zu suchen. Man öffnete die Tür. Und da war sie. Und lachte. Noch vor ihrer Abreise hatte sie ein Netz von Heimstickerinnen geknüpft, die sie Wolfemädle nannte. Sie stickten nur für MRA-Broderie. Auch der Taktplan wurde festgelegt. Briefe zwischen New York und der Schweiz benötigten 10 Tage. Bestellte Ware erreichte den Zielort frühestens in einem Monat. Katri arbeitete auch den Arbeitsplan aus. Sie beauftragte ihre jüngste Schwester Mili, die Heimarbeiten zu vergeben und anschliessend die fertiggestellte Ware einzusammeln. Bruder Alois kümmerte sich um die Verschiffung nach Übersee. Eine Woche nach Bestellung ratterte er mit Bläss an der

Deichsel des Leiterwagens mit der Ware zur Post. Von dort wurde die Fracht im Güterzug zum Hafen befördert und verschifft. Nach einem Monat war diese am Ziel.

Es funktionierte. Fehler gehören zum Risiko. Die Familie lernte damit umgehen.

In den ersten Monaten arbeitete das Broderiehaus ohne Gewinn. Es betätigte sich im Grosshandel. Im Showroom wurden Einkäufer von Kaufhausketten erwartet. Daneben führte es ein Extra-Sortiment für Laufkundschaft.

Maria Antonia stellte sich den Besuchern als «Miss Räss» vor.

In Hörweite von Kundschaft nannte auch Katri die jüngere Schwester «Miss Räss». Musste sich aber die Hand vor den Mund halten, um nicht loszuprusten.

Der schlechte Geschäftsgang bedrückte die Frauen im Atelier. Sie fürchteten um ihren Arbeitsplatz. Katri war das «Golden Girl». Mit ihrem Geplauder und ihrer Heiterkeit sorgte sie für eine angenehme Atmosphäre. In ihrer Nähe stichelten die Frauen zufrieden und still vor sich hin. Die Patronne hielt sich meistens in ihrem Boudoir auf. Wenn sie Kunden bediente, war der Gesang ihrer Stimme im Atelier zu hören. Das Tremolo beruhigte die Crew.

Es blieb der aufmerksamen Maria Antonia nicht verborgen, dass der Kiosk nebenan einen Anstieg im Kleenex-Handel verzeichnen konnte. Doch sie vermerkte eine langsam wachsende Wertschätzung für handgefertigte Mouchoirs. Immer öfter flanierten Käuferinnen vom Kiosk zum Broderiehaus. Und während sie ein Kleenex-Knäuel in die Abfalltonne warfen, blitzte ein Spitzentüchlein in deren Brusttasche auf. Als an Litfasssäulen Mannequins mit weissen Kragen und Manschetten prangten, stieg die Nachfrage an Spitzen.

Katri drapierte Kleidgarnituren in die Mitte des Schaufensters.

MOUCHOIR KONTRA WEGWERFTUCH

Die Verwandtschaft fand einen Brief, der in jener Zeit unter die Türritze von Maria Antonias Showroom geschoben worden war.

Schönste Frau,

Ich bin konfus, denke daran, Sie zu besuchen ... So weit ist es also schon. Ich muss gestehen: Gehe ich einmal zwei Tage nicht an Ihrem Broderiehaus vorbei, stürze ich in Traurigkeit. Aber wenn ich auf das Schaufenster zuschreite und die doch graue Farbe seiner Auslagenumrahmung sehe, tobt mein Herz. Ich versuche zu meditieren und Sie zu erreichen. Manchmal gelingt es. Auch wenn Sie es nicht bemerken.

Ich bewundere Ihre Kunst. Ich habe noch nie etwas mit meinen Händen erschaffen. Und beneide Sie darum.

Anbei 1 Nadel aus bestem Stahl. Sticken Sie Ihren Traum!

Die Nadel war feiner als alle, die Maria Antonia je besessen hatte. Sie konnte damit die feinfädigsten Stoffe besticken. Die Frauen im Atelier glaubten, alle Erzeuger hervorragender Stahlnadeln zu kennen. Eine solche Qualität war ihnen aber noch nie in die Hände gekommen.

Miss Räss äusserte sich nicht.

Katri meinte, ihre Schwester sei undankbar. Sogar hochnäsig. Sie halte den armen Herrn Friedländer auf Distanz. Er finde nicht den Mut, ihr gegenüberzutreten. Dabei sei man auf Laufkundschaft angewiesen.

«Hat Mister Friedländer sich gemeldet?»

Jeden Tag stellte Katri die gleiche Frage. Und Maria Antonia gab die gleiche Antwort.

«Nein. Er hat den Showroom nicht besucht.»

Katri litt. Sie konnte nicht darüber wegsehen, dass die Kleine Geld zusammenkratzte, um die Löhne zu bezahlen. Es kostete viel Anstrengung, um den Verwandten in der Schweiz einen oder zwei Aufträge zu vermitteln. Daneben musste sie Schulden bei der Bank begleichen.

Ihre Schwester zog einen überladenen Karren bergan.

Es regnete in Strömen, als ein Hotelpage dem Broderiehaus einen Brief übergab.

Verehrte schöne Dame,

suchen Sie bitte in den nächsten Tagen keinen Bewunderer Ihres Fensters mit Hut und Mantel. Aus geschäftlichen Gründen reise ich nach Europa.

Ich schicke einen Hotelpagen, damit Sie den Brief noch in dieser Stunde erhalten.

Nach vierzehn Tagen traf eine schriftliche Grossbestellung aus Frankreich ein. Als Kunde zeichnete eine Firma Friedländer aus Paris. Wenig später orderte ein Studio aus Hollywood eine grössere Bestellung.

«Dein Alliierter?»

Antonia wusste es nicht. Aber sie warf dann doch Kusshände in die ungefähre Himmelsrichtung von Walt.

Zeitgleich reckte Disneys Maus ihre vierfingrige Hand unter

dem Zeichenstift hervor und stellte ihren riesigen Fuss in die Welt. Kaum da, beginnt die Maus zu sprechen, singen und gestikulieren. Mickey Mouse reisst den Vorhang auf und fegt alle tonlos agierenden Trickfiguren von der Kinoleinwand. Das Zeitalter des Tonfilms beginnt.

Walt und sein Team haben es sich nicht leicht gemacht. Die Verknüpfung von gezeichneten Bewegungen mit Musik war vollkommen neu. Das Team musste lange am Zusammenspiel tüfteln. Ub Iwerks gestaltete die Zeichenfigur so, dass sie in jeder Haltung schnell zu Papier gebracht werden konnte. Die Ohren behielten in jeder Bewegung ihre Rundform. Auch die behandschuhten Hände mit nur vier Fingern erleichterten rasche Haltungsänderungen. Takt, Timing und Bewegung waren aufeinander abgestimmt. Ein Schlag auf den Kopf hatte mit dem Taktschlag von Pfannendeckeln zusammenzutreffen. Zum Experimentieren nutzte das Team Kuhglocken, Pfeifen und Bratpfannen.

«Es ist zu schaffen!»

Walt ermunterte sein Team zum Durchhalten.

Mit einer Kopie seines noch stummen Trickfilms reiste er nach New York. Er wollte dort die Bewegungen mit Orchestermusik kombinieren. Das Unterfangen erwies sich als nahezu unmöglich. Der Dirigent war über Walts Ansinnen empört und fand die Proben schlichtweg banal.

«Mein 30-Mann-Orchester macht ernsthafte Musik. Ich versinke vor Scham im Boden, wenn ich mit meinen Künstlern ein Lied wie ‹Yankee-Doodle› einüben muss.»

Auch Walts Mitarbeiter Roy, Iwerks, Jackson und Les Clark kamen nicht weiter. Die Unkosten stiegen ins Irreale. Erst nach

Monaten wurde mithilfe eines Metronoms und einigen experimentierfreudigen Musikern ein Weg gefunden. Endlich konnten Bewegung und Geräusch mit Takt in Einklang gebracht werden. Walt gab der Maus seine Stimme. Sie sprach und sang nun mit Freundin Minni Maus und Kater Karlo.

Die Maus eroberte die Welt.

In der Ecke des Rathaussaals schüttelte Niko Manser seine grauen Locken.

«Eure Tante hat Leonardo da Disney aus der Hand gefressen. Dass der amerikanische Pinsler sich seinem Zauberland näherte, während sie zurückblieb, musste ein Stachel in ihrer Seele gewesen sein. Während er brillierte, machte sie Millimeterschrittchen. Ihr wuchsen zwar Flügel. Aber sie war an die Schwerkraft gefesselt.»

Hulda Zellweger legte ihre Finger an den Mund. Sie schien überrascht. Hat man in den Wellenhügeln diese Erschütterung der Tante wahrgenommen? Zu Hause wartete die Familie auf Bestellungen. Man hing zum grossen Teil von Maria Antonia ab. Wenn keine Aufträge hereintrudeln, fragen sich Verwandte und *Wolfe*-Meedle: «Was ist mit der Crazy-Woman los?»

Niko sagte: «Für ihre Sippe und die Stickerinnen der Region war sie nichts als eine Volldampfmaschine. Es gibt aber Zeiten, da die beste Maschine harzt, spuckt und stockt. Die Kleine tat mir leid.»

Niko Manser musste seine ehemalige Liebe immer im Blick gehabt haben. Während Jahren und Jahrzehnten. Er dachte eigentlich nie an Hulda Zellweger, die Mutter seiner kleinen Anna. Er las in der Seele der fernen Maria Antonia. Und litt.

Die Familie fand keine Worte. Was gingen die Wellenhügel den Herrn Landsgemeinde-Redner an? Warum sollte er dort Herzlosigkeit konstatiert haben?

«Ich habe mich nicht nur aufgeregt, sondern entsetzt. Die Kleine war euer Lasttier. Ich wollte da sein für sie. Ihrem Geschäft auf die Beine helfen. Mit ihr leben. Sie beschützen. Alt mit ihr werden.»

Soll man lachen? Den Schwätzer überhören? Er floh vor den Gläubigern, denn in Wahrheit war Niko Manser wieder einmal mit einer neuen Geschäftsidee gestrandet. Die Schiffsreise nach Amerika finanzierte er durch artistische Kunststücke. Zur Unterhaltung der Passagiere wirbelte er Abend für Abend mit Überschlägen durch den Speisesaal und zog den Gästen das Tischtuch unter dem Gedeck weg.

«Ich habe mich aus Liebe zum Clown gemacht.»

Die Sippe erinnerte sich.

In New York hat er sich auf die Suche nach der Tochter des Geissenbauern gemacht.

Diese Stadt ist unvorstellbar gross. Es war die Suche nach der Stecknadel im Heuhaufen. Irgendwie gelang es ihm, ihren Aufenthaltsort ausfindig zu machen. Als er in ihrem Quartier um eine Ecke bog, war sie gerade im Begriff, ihr Broderiehaus zu öffnen. Sie liess den Schlüssel fallen.

«Ihr Blick hat mich verbrannt. Wie damals beim Schöttlertanz. Ich brachte kein Wort heraus.»

Die Tante sei erschrocken, als sie im Stutzer auf der anderen Strassenseite Manser Niko erkannte. Er trug Gatsbys Panamahut in Mafiaweiss, eine knallrote Fliege im Doppelreiher, eine blitzende Uhrkette am Gilet und dicke Ringe an den Fingern.

Das Gewicht des bulligen Pfeifenkopfs zog seinen Mundwinkel herab und stülpte das Innere der Unterlippe nach aussen.

Ihr Broderiehaus walzt den Pleitegeier aus Appenzell platt.

«Was sie sich in New York trotz den Blutsaugern in der Schweiz aufgebaut hat … aber Chapeau!»

Sie musste sich wohl oder übel mit ihrem Besucher befassen. Er schritt im Wiegegang durch ihren Showroom und betrachtete die Damenwäsche. Mit übertriebener Wellenbewegung folgte seine Hand den Spitzengarnituren. Dazu saugte er lautstark an der köchelnden Pfeife. Vor dem gläsernen Schaukasten stellte er sich abwechselnd auf die Zehenspitzen, sank in die Knie und schnellte in die Höhe.

Sie hat ihren Besucher zu Katri ins Atelier geschickt, weil sie im Showroom Kundschaft hatte. Die Stickerinnen bedienten ihren Gast. Der Dampf des zischenden Kohleeisens habe ihn auf die Idee gebracht, er könnte seine Hose aufbügeln lassen. Als Maria Antonia vom Kundengespräch zurückkehrte, stand er in Unterhosen im Atelier. Seine verschränkten Hände lagen auf dem Frottee-Gesäss. Er erklärte, dass er die Geschäftslage analysiere. Nach dem Gespräch mit ihren Angestellten könne er sich nun ein Bild vom Broderiehaus machen.

«Wir müssen einiges ändern, Kleines! Ein erfahrener Direktor fehlt.»

WIR. Sagte Manser. KLEINES.

Die Angestellten spürten förmlich, wie Miss Räss erstarrte. Ihr entgeisterter Ausdruck liess Niko auflachen. Dazu warf er übertrieben die Hüften nach vorn. Er bot den Frauen seine Heilige Dreifaltigkeit an.

«Ich kann sofort anfangen!»

Wieder bot er den Augen der Frauen mit einem Schlenker

seine Dreifaltigkeit an. Maria Antonia richtete ihre Augen auf den Buckel in der Unterhose.

«Geht es mit dir bergab, Niko?»

Plötzlich sei Maria Antonia Räss eine dieser eingebildeten Frauenrechtlerinnen gewesen, die keinen Mann brauchen. Er habe die Welt nicht mehr verstanden.

An diesem Punkt der Geschichte legte mir Hans Zellweger die Hand auf den Arm. Er sah mich fragend an. «Wäre nicht jeder anständige Christenmensch abgereist, Fräulein Rita?»

Ich wiegte unschlüssig meinen Kopf. Es gehört sich für eine Notariats-Assistentin nicht, sich einzumischen. Aber Herr Zellweger gab die Antwort selbst.

Mansers Niko sei nicht abgereist. In ihm sei der Macho erwacht. Der Krieger, Gauner und Artist, was in ihm erwachen konnte, ist erwacht. Er verschanzte sich in der Nähe des Broderiegeschäfts. Kundschaftete die Gewohnheiten der Schwestern aus. Konstatiert schlussendlich, dass die beiden ihre Mittagszeit immer auf der Treppe des Broderiehauses sitzend verbringen. Und pünktlich zur Arbeit zurückkehren. Sie tun immer das Geplante und Richtige.

Er plante seinen Coup nach ihrer Uhr.

Am Tag X sitzen die Schwestern im Viereck eines Mouchoirs auf der Treppe. Die Kleine wirft trotzig den Kopf hoch. Vermutlich hat Katri den Brief des Verehrers zur Sprache gebracht. Sie erinnerte ihre Schwester fast täglich an den Friedländer-Brief.

In diesem Moment schickt Niko einen Jauchzer aus der Häuserschlucht zum Himmel. Die Sonnenhungrigen schrecken auf. Grusslos marschiert der flotteste Jüngling aus Appenzell an den beiden vorbei zum Kiosk.

Bald begann sich der Platz vor dem Broderiehaus zu beleben. Niemand interessierte sich für die Mouchoirs und Stickereien. Passanten blockierten den Zugang zum Geschäft. Es dauerte einige Minuten, bis die Schwestern auf ihrer Treppe begriffen, dass eigentlich sie das Herzstück des Menschenauflaufs sind. Denn vor ihren Füssen stand jetzt eine Kiste, und ein Clown wirbelte mit flatternden Frackschössen durch die Luft. Er landete auf dieser Kiste. Ein Raubvogel auf Futtersuche. Doch schon im nächsten Augenblick verwandelte der Mime sich in eine ums Leben ihres Kindes flehende Mutter.

Wer in den Wellenhügeln zur Schule gegangen ist, weiss, dass diese Geschichte aus einem alten Primarschulbuch stammt. Diese Tragödie der Alpen bewegte eine Schüler-Generation. Während seiner Schulzeit konnte Niko diese Geschichte nie lesen. Doch er bewunderte die farbige Illustration. In New York setzte er diese nun zum Gaudi des Publikums in eine akrobatische Nummer um.

Die Schwestern hockten erstarrt auf ihrer Treppe. Nur das Publikum lachte Tränen. Blitzschnell rupfte der Clown Papiertücher aus einer Kleenex-Box und verteilte sie ans Publikum. Zwischen jeder Nummer rannte er zum Kiosk, um Nachschub zu holen.

Diese Massenhysterie vor dem Broderiehaus wiederholte sich am nächsten und übernächsten Tag. Der Kiosk war danach leer geräumt, die Strasse von Wegwerftüchern übersät.

«Es genügt!»

Maria Antonia suchte einen Anwalt auf. Ihre Klage setzte einen Schauprozess in Gang mit dem Titel: «Mouchoir kontra Wegwerftuch».

Der Prozess war viel beachtet. Er brachte die Klägerin an den Rand des Ruins.

Der alte Herr neben seinem Anwalt konnte sich nur vage an die «Causa Manser gegen Räss» erinnern. Die Plädoyers waren in Englisch. Verwirrend und unverständlich. In Erinnerung blieb ihm aber Maria Antonias Auftritt. Seine geliebte, aber unsäglich hartköpfige Frau sei mit einem kecken Schleierhütchen auf dem Kopf in Slingpumps an den winzigen Füssen mit Hüftschwung vors hohe Gericht getrippelt, um zu schwören, die Wahrheit zu sagen. Nichts als die Wahrheit.

Danach war Niko an der Reihe. Modisch sei er ihr in nichts nachgestanden. Ansonsten hätten Manser und Räss in gegenüberliegenden Ecken gelassen die Anklage, Verteidigung und Gegenklage verfolgt.

Nur die Hutschleier zitterten leise, als seine süsse kleine Frau den Prozess verlor.

Er habe die Abschrift nie gelesen, denn er verstehe die englische Sprache noch heute nicht. Er ist mit dem nächsten Passagierdampfer als Alleinunterhalter nach Europa zurückgereist.

Ich gab mir Mühe, ein klares Protokoll von der Willens-Vollstreckung zu erstellen. Die Crazy-Woman muss tausend Geheimnisse gehabt haben. Ich hatte den Eindruck, ihr in unzählige dunkle Verliese zu folgen.

Die Neffen und Nichten verbanden noch Erinnerungen mit der Verstorbenen. Bei den letzten Besuchen in der Schweiz habe Die reiche Tante ihre Namen verwechselt. Die Kinder der Neffen und Nichten kannten die Verstorbene kaum. Sie sahen in ihr ein Phänomen wie Blitz und Donner. Ihr Auftauchen wirbelte die Wellenhügel durch. Die Räss, Zellweger, Inauen, Fässler, Broger, Dörig und Koller rieben sich ihre Augen.

«Wir waren platt.»

Im Rathaussaal verstand man kaum sein eigenes Wort. Die Familie der Räss war lebhaft, geschwätzig, streitlustig und spitzfindig. Sie malte vierunddreissig verschiedene Bilder von der Tochter des Geissenbauern. Sachverhalte wurden so zurechtgepinselt, dass sie nicht mehr ganz der Wahrheit entsprachen. Die Sippe brachte Erinnerungen durcheinander. Es sei nicht mehr alles präsent. Oder in veränderter Form. Die Zeit verwischt die Klarheit der Farben.

Lange hielt ich die Aussagen noch in Stichworten fest. Nicht einmal das gelang. Die Anwesenden hingen aufblitzenden Ideen nach und gingen unbeschwert mit der Wahrheit um. Niemand kümmerte sich um mein Protokoll.

Als ich diesen Beruf erlernte, wusste ich, dass mich keine amüsante Tätigkeit erwartet. Notare sind nicht «Die gütige Hand». Wir stützen uns aufs Gesetz. Werden auch mit Ungerechtigkeit, Missverständnissen und sogar Unverfrorenheit konfrontiert. Bei Antritt meiner Stelle verpflichtete ich mich, die Wünsche der Kunden in eine gesetzeskonforme Darstellung zu bringen. Verschreibungen treu dem Gesetz zu machen. Wenn nötig, mit ausgeklinkter innerer Waage.

Für mich war diese Stobete der Räss eine Gefühlsdusche. Ich wurde mitgerissen, schlingerte durch ein ganzes Jahrhundert und schwappte von einem zum andern Kontinent.

«Ich verliere den Boden, Herr Notar.»

«Hängen Sie sich ans Fadenende von deren Geschichten, Fräulein Rita. Und fliegen Sie daran ins Blaue!»

Bisher kannte ich den Notar als Hüter von Gesetzesartikeln. Wenn sein Personal nach Hause geht, hockt er noch die halbe

Nacht verbissen hinter juristischen Lehrbüchern, Gesetzesartikeln und Prozessakten. Mich überraschte, dass er die Stubete genoss.

«Diese Leute sind gewohnt, alles zu formen, was ihnen in die Hände kommt. Das ist für sie Alltag. Sie kneten sich ihre Welt.»

Der unbekannte Briefschreiber mit dem Namen Friedländer muss im New Yorker Broderiehaus ein Dauerthema gewesen sein. Not zwang die jungen Frauen zur Arbeit in ein Hinterzimmer. Sie fürchteten sich, einmal den alten Frauen zu gleichen, die mit ausgedörrten Lippen und einem hungrigen Zug im Gesicht auf ihr Ende harren. Aufs zusammengesparte Grab mit der erdachten Inschrift. Sie fürchteten sich, nur noch zu leben, um das Grab zusammenzusparen und sich von Zeit zu Zeit eine neue Inschrift zu erdenken.

«Ach!»

einmal einen solchen Brief bekommen …

einmal die Frau sein, die einen Liebesschock auslöst …

Kein Mann verirrte sich in dieses Hinterzimmer. Bei Stickerinnen, Weissnäherinnen und Büglerinnen existierten Männer bloss als Name auf einem Bestellzettel, als Wäschegrösse und Monogramm.

Friedländer musste inzwischen aus Europa zurück sein. Katris Gedanken umkreisten ihn. Sie hatte den Mann noch nie gesehen. Doch sie meinte, sie würde seine Stimme erkennen, wenn er im Showroom mit ihrer Schwester spricht. Der leise Unterton von Unsicherheit wird ihn verraten.

Er muss flink und wendig sein. Wie hätte er sonst so rasch aus dem Showroom fliehen können. Ein Bewegungskünstler, der auf Kugeln balanciert. Oder am Trapez fliegt. Blitzend von Pailletten. Zum Vergehen schön.

Wenn er vor uns stünde? … was dann?

Katris Erfahrungen beschränkten sich aufs Grüt. Der Wind hatte ihr nie einen Mann in die Kammer geweht. Auf Pfiff der jüngeren Schwester brach sie zum fremden Kontinent auf und nahm dort, ohne eine einzige Frage zu stellen, den angewiesenen Platz ein. Nun führte sie in der Stadt des Lärms, Staubs und Grössenwahns die angewiesene Arbeit aus. Aber würde sie einer Eingebung folgend ihren Stickrahmen weglegen, in den Showroom stürzen und ihre Arme um einen Fremden werfen? «Oh, Herr Friedländer, da sind Sie endlich!»

Nein! Sie würde tot umfallen!

«Es ist mir nicht gegeben, so frei über meine Tage, meine Gefühle, meine Vernunft zu entscheiden wie meine jüngere Schwester.»

Die Crazy-Woman hat den Brief von Friedländer weggeräumt. Schubladisieren, nennt sie das. Sie schreibt Rechnungen, dekoriert Wäsche im Glasschrein, rumort in ihrem Holzkästchen und jubelt den wenigen Kunden entgegen. «Hello Mister French. Good morning, Sir James. Have an enjoyable time, Miss Peacock.»

Nichts bringt sie aus der Fassung. Alltagssorgen?

«Ich rede nicht über Probleme. Ich löse sie.»

Sie glaubt an die Kunst der Nadelmalerei. Sie bewundert das schöne Nichts, das eine Frau als Hauch auf ihrer Haut wahrnehmen kann. Dieser Luftkuss wiegt mehr als eine Unannehmlichkeit, mehr als Kummer und Sorgen. Pünktlich am Feierabend dreht sie den Schlüssel des Broderiehauses. Katri bleibt allein im Atelier, denn sie arbeitet gern bis tief in die Nacht. Was sonst soll sie tun?

«Geh schlafen! Katri.»

«Er braucht lange für die Überfahrt.»

«Wer?»

«Friedländer.»

«Ogott!»

«Er muss aber doch zurückgekehrt sein! Vielleicht haben sich eure Wege gekreuzt? Ohne dass du es bemerkt hast?»

Maria Antonia schickte seufzend einen Blick zum Himmel.

Amerika steckte in den «Roaring Twenties».

Einkaufshäuser belebten die Städte. Der Kreis von wichtigen Buyers erweiterte sich. Das Broderiehaus gewann allmählich an Schwung. Für die Familie bedeutete dies eine bessere Auftragslage. Höheres Ansehen. Wenn die Räss auswandern, enden sie nicht an einem amerikanischen Abwaschtrog.

«Unsereins darf sich mit hocherhobenem Kopf zeigen.»

Warum soll die eigene Tochter nicht ein bisschen eitel sein? Sich ein schwarzes Kleeblattmündchen aufmalen wie ein Movie-Star? Eine Sonnenbrille auf die Nase setzen und mit Hüftknick durch die Gegend schlendern? Auch sie kann mit einem erstaunten O-Mund über zerbrochene Herzen wegtreten.

Oder der Sohn? Er möchte doch nicht bis zum Nimmerleinstag in einer engen Kammer wohnen. Er hat nicht bloss ein Goldschäufelchen im Ohr, sondern Geschmack, Geschick und Kunstverstand. Er benötigt keinen Architekten, um sich ein Haus neben die Heemet zu bauen, in dem niemand den Kopf einziehen muss und jedes Zimmer mit eigenem WC und Bad ausgestattet ist.

Alois Räss und Post-Babette entwickelten sich zur gut eingespielten Lieferkette der Wellenhügel. Und Mili hielt das Netz der *Wolfe*-Meedle intakt. Bei den Ferggern der Gegend galt MRA-Broderie in Übersee als verlängerter Arm der Appenzeller Handstickerei. Im Heemet leistete man sich allerfeinste Stoffe. Alois schaffte eine trächtige Kuh an. Sepp kaufte Ockerfarbe zum Auffrischen des Giebelhauses.

Mit einer hochmütigen Drehung des Kopfs lehnten die Räss Fabrikarbeit ab. Sie spitzten die Lippen und sagten so über die Schulter: Never!

Man schrieb nach New York: *Mer gönd zo Stobete. Plaudernd und stickend und tanzend verbringt unsere Familie viele schöne Stunden.*

Die Sippe war begierig auf Neuigkeiten von Übersee. Im Lauf der Jahrzehnte gingen Briefe verloren. Aber auch Maria Antonia war immer begierig auf Nachrichten aus der Schweiz. Sie wollte auf dem Laufenden gehalten werden. Wie geht es allen? Was machen alle? Wie verbringen alle die Feiertage? Sie schimpfte, wenn einige Zeit keine Post in New York ankam.

Das Schiff muss mit unserem langenlangen Brief abgesoffen sein, erklärte die Familie. Die Neffen und Nichten beruhigten die Crazy-Woman. Und fütterten sie mit Neuigkeiten.

DIE CHOREOGRAFIE DER TAKTIK

Der alte Herr Manser trat vor.

«Maria Antonia hat die ganze Sippe ins Dessin ihres Lebens eingezeichnet. Als Ranke, als Dorn, als Licht, als Schatten, oder was weiss ich. Sie war eine Planerin. Sie hat Überraschungen gehasst.»

Er machte eine Pause. Im Saal herrschte vollkommene Stille. Man vermied, einander anzuschauen. Und er sagte mit ruhiger Stimme:

«Liegt es da nicht auf der Hand, dass das Testament eurer Tante einen Haken hat?»

Er schickte diesen Ballon zur Decke. Und nun hing er schwankend und knirschend über den Köpfen der Sippe.

War man zu sorglos? Maria Antonia dort. Die Familie hier? Dazwischen ein Ozean. Stand man ihr wirklich nah? Hat die Erwartung der Sippe auf ihr gelastet? Auch eine Crazy-Woman ist bloss ein Mensch. Wie alle Räss muss auch die Stickerin des Teufels Anflüge von Niedergeschlagenheit, Verzweiflung und Einsamkeit gekannt haben.

Natürlich habe sich ihre Familie ein paar Gedanken zum schwierigen Anfang der Auswanderin gemacht. Und natürlich habe man sich gefragt, welcher Tag für sie der glücklichste gewesen ist. Es könnte der Tag gewesen sein, als die erste, durch Katri angeordnete Grosslieferung der *Wolfe*-Meedle aus den Wellenhügeln in New York eintraf.

Katri schrieb:

Unsere Kleine tanzte vor Freude durch den Showroom, rannte um den Block und kehrte mit einer Perlenkette ins Atelier zurück.

Sie verliess das Grüt mit dem Versprechen, der Familie auch drüben von Nutzen zu sein. Sie hielt ihr Versprechen. Und gönnte sich jetzt eine Belohnung. Es gefiel ihr, beim Aufschauen vom Bestellblock, die Finger auf die Perlenkette zu legen. Der einreihige Strang hing ihr bis zum Nabel. Wenn sie die Kette doppelt schlang, berührte diese ihr Brustbein. Dieses Schmuckstück war das erste, das nicht zur Ausstattung der Tracht gehörte. Nach dem Tragen legte sie die Perlen sorgfältig in ihre Schmuckschatulle.

Im Broderiehaus trug sie die Tracht mit der plissierten Flügelhaube der Verheirateten, obwohl für die Ledige bloss eine Zopffrisur vorgesehen ist. Auch ihr heiteres Lachen einer Schaustickerin erklang nur im Geschäft. Bis zum Kaufabschluss trippelte sie in Schnallenschuhen auf und ab und hin und her, sodass der pendelnde Miederschmuck ohne Unterbuch blitzte und klirrte.

Ihre Buyer kündeten ihre Besuche an, damit das Broderiehaus die passende Kollektion vorbereiten konnte. Beim Betreten des Showrooms wurden sie einige Minuten lang von Miss Räss beobachtet. Erst dann tänzelte sie mit erhobenen Armen herein. Sie sang den Namen des Buyers, als hätte sie ihn unendlich vermisst. Unendlich unter der langen Trennung gelitten. Wenn dem Kunden beim Anblick der überglücklichen kleinen Frau beinah die Tränen kamen, klatschte sie in die Hände, damit Beth den Tee serviere.

Ihre Verkaufstaktik war gut choreografiert.

Die Mouchoirs wurden nicht einfach über die beleuchtete Glasplatte gebreitet. Maria Antonia zelebrierte das Auseinanderfalten der kostbaren Winzigkeit. Sanft berührten ihre Lilienhände das Gewebe. Sie schob den Handrücken zärtlich unter den Stoff, zum Hervorheben einer besonders schönen Nadelmalerei. Als ehemalige Schaustickerin wusste sie, wie lange sie einem Interessenten das einmalige Stück vor die Augen spreizen muss, bis er von dessen Kunstfertigkeit überzeugt ist.

Später traf sie den Buyer zum Essen in einem Nobelrestaurant. Dort trippelte kein Trachtenmädchen ins Foyer. Eine Nobeldame rauschte im Taxi an. Sie trug ein extravagantes Kleid mit ellbogenlangen Handschuhen, Stola und einen erstaunlichen Hut. Beim Öffnen der Taxitür benebelte eine Parfumwolke den Buyer. Sie hob ihm ihren zum Kuss erhobenen Handrücken entgegen und schwang ihre schillernden Seidenbeine aus dem Fond.

Das Ende des Schauprozesses Kleenex kontra Mouchoir feierte Miss Räss trotz der Niederlage mit den Angestellten. Sie waren am Singen, als Walt Disney ihr Broderiehaus betrat. Eine Filmgesellschaft hatte ihn nach New York gerufen. Er nahm diese Gelegenheiten wahr, um das Fairygirl zu sehen. Er wusste, dass sie auf einen Handkuss wartet.

«Plötzlich steht Walter Elias in meinem Showroom. Strahlend und jung. Als hätten wir uns eben erst gestern in Lugano getrennt.»

Sie zeichnete seinen dünnen Schnurrbart mit der Fingerspitze nach.

«Gibt es dich? Oder bist du das Ornament meiner Nadelmalerei?»

Er zog das Mouchoir aus dem Sakko. Seine Antwort.

Inzwischen zählt sie über dreissig Jahre. Noch immer purzeln Apfelbrüste aus der Zackenlitze am Ausschnitt der Bluse. Am samtenen Schnürmieder klingeln unzählige Silberkettchen. Es gibt viel zu erzählen. Gutes und Schlimmes.

Walt ist verheiratet. Seine Maus erobert die Welt.

Das Fairygirl ist unverheiratet. Es beliefert New York mit Spitzen.

Inzwischen wisse sie auch, dass Amerika nicht auf eine Stickerin gewartet hat.

«Steine liegen am Weg. Jeder Fehler hat Folgen. Wird man zögerlicher? Ungerecht? Machen die Jahre härter, Walt?»

Er weiss es nicht. Es gibt tausend Antworten auf diese Fragen. Die Jahre verändern uns. Sie verändern auch die Welt. Er sagt, dass er ihre Zweifel nur zu gut verstehe.

«Noch gibt es kein Zauberland. Ob ich es mit meinem Stift je erschaffe, steht auf der Rückseite der Sterne. Die Welt ist kein Fairytale. Alles verlangt uns Mühe ab. Das Grosse und auch das Kleine. Träume verwirklichen sich nicht von allein.»

In einem Brief an die Familie berichtete Katri von diesem denkwürdigen Besuch des Filmstars mit dem Fadenschnauz. Freund Disney hat Maria Antonia über den Ärger mit der Justiz weggetröstet. Er hat ihr die Hände auf die Schultern gelegt. Sie sind lange schweigend beisammengestanden.

Wir erfuhren, dass die Schöne ein bisschen verliebt ist. Die Priesterin der Spitzen ist in den Zeichner der Maus vernarrt.

Leider sei er verheiratet. Es gebe aber noch einen Herrn Friedländer. Und dieser sei nicht verheiratet.

Am 18. November 1928 feierte Walt Disney in New York die

Premiere des Tontrickfilms mit «Steamboot Willie». Maria Antonia Räss war eingeladen. Schmuckbehangen und pelzverbrämt besucht sie in Begleitung von Katri und ihren Angestellten den ersten Tontrickfilm. Auch dass sie sich im Klappsitz eines amerikanischen Kinos platzieren, ist neu. Die Schwestern halten sich während der ganzen Vorstellung ein Mouchoir vor den Mund. Aber Beth und Li schreien lauthals zur Leinwand hinauf.

Das Geschwader mochte Miss Räss. Trotz ihrer Launen. Trotz ihrem Gehabe als Patronne. Sie konnte zuhören und nahm die Sorgen ihrer Frauen ernst. Es war zu jener Zeit nicht selbstverständlich, dass Angestellte während der Arbeitszeit zum Arzt durften oder familiäre Angelegenheiten ordnen konnten. Das Atelier verwandelte sich zur Essenszeit in eine Kantine. Auch die Patronne nahm dort mit den Angestellten die Mahlzeit ein. Man plauderte wie im engsten Familienkreis.

Miss Räss erzähle zwar nur das Notwendigste, berichteten die Frauen. Aber sie interessiere sich für die Schwankungen im Leben der Angestellten.

Zu jener Zeit gab die Verlobung von Beth viel Stoff für Gespräch. Der Auserwählte war kein Herr Friedländer, dem beim Anblick der Angebeteten die Knie schlotterten. James war Hafenarbeiter. Wenn er im Atelier auftauchte, liess er die Frauen seinen Bizeps prüfen. Sie stiessen spitze kleine Schreie der Verwunderung aus. Vor Seligkeit wiehernd, zupfte er dann an den schnellenden Hosenträgern.

Ein Tag im Quartier von New York unterschied sich nur wenig von einem Tag in Appenzell. Die Leute bewegten sich mit Taschen und angeleinten Hunden durch die Strasse. Automobile ratterten mit explodierendem Auspuff über den schlecht gepflasterten Asphalt, und Radfahrer zwängten sich vorbei. Im Atelier und Boudoir wurde gearbeitet. Im Grüt war es stiller. Der Wind strich durch die Wiese und liess den Nussbaum aufrauschen. Post-Babette trat ihr Veloziped über den Schotterweg. Die Bewohner gingen ihrer Arbeit nach.

Katri meinte, sie werde sich niemals an New York gewöhnen. Sie verabscheute die Hitze. Diese blieb im Sommer zwischen den Häusern hängen. In den Schluchten waberte und flirrte die Luft. Nur in Vollmondnächten wagte sich Katri aus ihrem Zimmer zum nahen Park, um sich abzukühlen. Mit offenem Haar und raschelndem Rock lief sie dort barfuss über die taunasse Wiese und lauschte aufs Wispern der Halme.

Es sei nicht das Grüt, erklärte sie Beth. Es seien nicht die Wellenhügel. Jede Landschaft hat ihre eigene, ihre ganz besondere Stille. Jeder Ort ist von Tönen durchwirkt. So wie ein Webstoff kreuz und quer von Fäden durchzogen ist.

Ihre Familie, so erzählte sie Beth, lebe in einem Klangwerk. Im Grüt ist es nie ganz still. Nicht einmal in der Mittagsglut. Unter der Hitzeglocke ist ein leises Sirren wahrzunehmen.

«Unsere Ohren sind Stille gewohnt. Wir können jedes Geräusch herausfiltern. Bläss zottelt mit den klirrenden Milchtansen über den Schotterweg. Ein Bauer dengelt seine Sense. Die Schellen aufgescheuchter Geissen klingeln ihre wilde Sinfonie. Stickende seufzen beim Sticheln zum Himmel. Und gelegentlich klappert eine Schere, die auf den Beistelltisch gelegt wird. Wenn die Jüngste in eine Karotte beisst, sehen alle von der Arbeit auf. Abends flechten wir die Hände ineinander, dann schleift noch der Wind seine Schleppe übers Gras. Tannen orgeln. Und Regen trommelt im Nussbaum auf eine Million Tambourins. Von den Hagelgeschützen auf dem Ziegeldach nicht zu reden.

Diese Geräusche nehmen uns den Atem. Sie sind unser Herzton. In der Ferne vermissen wir ihn. Sehnsucht zerreisst unsere Brust. Zum Sterben kehren wir in die Wellenhügel zurück.»

Katri machte sich immer viele Gedanken. Sie quälte sich mit Fragen, wie es im Grüt läuft. Sind die Sterne über New York dieselben, die meine Familie zu Hause sieht? Schaut jetzt auch Herr Friedländer zu den Sternen hinauf? Kommt die Crazy-Woman jemals zur Vernunft? Ist es mir vergönnt, in Eggerstanden begraben zu werden?

Neben der Räss-Familie bildeten Niko und sein Anwalt nach über einer Stunde noch immer die Sondergruppe in der Sonderecke. Die Herren steckten die Köpfe zusammen. Und die Sippe versuchte, von den Lippen der Erbschleicher zu lesen.

Man gab mir zu verstehen, dass die Nummer fünfunddreissig und sein Beistand stören. Sie sitzen im falschen Zimmer. Als der Anwalt dann noch Papiere über mehrere Stuhlsitze auszubreiten begann, dabei mit den Schuhen gegen die Holzbeine polterte, schüttelten die Erben den Kopf. Das Duo liess sich weder vom Gezischel noch von Giftblicken ablenken.

Einige wollten von mir wissen, wozu der Clown ein umfangreiches Schriftwerk benötigt, da er nicht zur Verwandtschaft gehört. Ich war überfragt. Vielleicht suchte Herr Manser Sicherheit in der Rechtslage? Klienten bringen oft Papiere aufs Notariat. Sie schieben diese Belege zum Studium über unseren Kanzleitisch. Warum? Um ihre Ansprüche zu untermauern? Damit der Notar ihre Lage berücksichtigt? Damit wir unsere Klienten verstehen?

Mansers Anwalt ergriff das Wort.

«Die Damen und Herren sind über die Ehe zwischen meinem Mandanten und Maria Antonia Räss ins Bild gesetzt. Das damals geltende schottische Gesetz verlangte keine Papiere. Das ist ein Fakt. Das Paar hat nicht zusammengelebt. Aus welchen Gründen auch immer. Herr Manser unternahm einige dramatische Versuche, um diesen Zustand zu ändern. Die Familie Räss wird dies bezeugen. Nach dem Tod von Maria Antonia steht mein Mandant heute als trauernder Witwer in diesem Saal. Er ist hier, um sein Recht wahrzunehmen.»

Der Notar verlangte einen Beweis der schottischen Trauung. Niko Manser sagte, er erinnere sich nur, dass er dem Schmied die versiegelte Geburtsurkunde übergab. Dieser warf einen Blick aufs Papier, kritzelte sein Zeichen und reichte das Papier der Braut. Mit einem Schrei steckte diese den Fetzen in den Umschlag zurück. Es ging alles sehr schnell.

«Kaum sah ich mich um, war Maria Antonia weg.»

Das Paar hätte die Eheschliessung im Ausland auf dem hiesigen Amt bestätigen müssen. Auch wenn Braut und Bräutigam noch Kinder waren, muss ihnen bewusst gewesen sein, was sie taten. Kann wenigstens diese Geburtsurkunde beigebracht werden?

«Sie muss bei den persönlichen Akten der Verstorbenen liegen.»

«Da ist sie nicht!»

In Appenzell zeigte sich Niko Manser nach seinem Besuch in New York wieder auf dem Landsgemeindestuhl. Schön wie ein Gott, in gestreiftem Kammgarn, mit breit gepolsterten Schultern und schwerer Tabakspfeife. Unter den Zuschauerinnen waren auch Frauen, die ihm einmal ihr gesticktes Liebespfand anvertraut hatten, nun aber eine Begegnung mit dem Filou vermieden. Sie standen weitab, denn der Ring bot bis dato den Frauen noch keinen Platz.

Doch er, der so vielen Stickerinnen ein Mouchoir vom Brustausschnitt zog, durfte reden.

Natürlich hat er an die Verdienste der ehemaligen Manserschen Stickfabrik erinnert. Die Förderung der Jugend im Familienbetrieb. Seine Teilhabe am Fortschritt. Wie Schifflistickautomaten mit Lochkarten die Arbeit zu erleichtern begannen. Unternehmer tragen schwere Bürden. Von ihren Entscheidungen hängt das Wohlergehen der Bevölkerung ab.

Die Zuhörerinnen ausserhalb des Rings wunderten sich, warum Niko die Frauen als «Seele der Heemet» und «Grundpfeiler der Export-Stickerei» rühmte, ihnen aber das Stimmrecht absprach.

Mit fuchtelnder Faust rief er: «Miteidgenossen, seid standhaft! Wehrhaft fürs Urbild der Demokratie! Bodigt laues Geschwätz! Die Weiber stehen im Weg, wenn wir Auge in Auge mit unserer Regierung im offenen Hand-Mehr über die kantonalen Geschäfte abstimmen.»

Die reiche Tante war vielseitig interessiert. Sie liess sich in New York über alles informieren. Zeitungsausschnitte stapelten sich in ihrem Boudoir. Sie war der Meinung, als Geschäftsfrau, die mit Handwerk aus anderen Kulturen handelt, müsse sie mehr als nur den Hauch einer Ahnung von Volkskunde haben.

Sie liebte Eleganz. Fand aber, dass eine Erscheinung erst vollkommen ist, wenn die Person mitreden, mitdenken und zu Ideen anspornen kann. Sie wollte gefallen. Mochte das Flattern leichter Seide, das Rascheln von Taft und schreiende Farben. Jeden Tag vollzog sie den Wechsel von der Trachtenfrau zur Mode-Ikone. Dass sie Aufmerksamkeit erregte, war ihr nie bewusst. Sie trippelte unbefangen an den Verwunderten vorbei und liess diesen eine betäubende Duftwolke zurück.

Von jenem Augenblick an, da sie in Bad Ragaz das Passbild machen liess, war ihr Leben ein nicht endender Auftritt. Sie zierte Weltstadtpromenaden, führte ihre schmucke Tracht und die Kunst ihrer flinken Finger zur Schau. Dieses Mädchen auf Fetzers Fotografie ist aus dem Vorhang ins Licht, in den Applaus und ins Staunen hineingehüpft.

«Sie hat es nicht gestohlen», meint die Familie.

«Seit Generationen tauchen wir jeden noch so unscheinbaren Alltagsbesitz in kräftig leuchtende Farben, versehen ihn mit einer Schnitzerei, Stickgirlande oder Ziselierung. Da ist es nur selbstverständlich, dass unsere Tante sich aufs Zelebrieren verstand.»

Ihre Kundschaft bezeichnete Miss Räss als smart. Sie war nie in nachlässiger Haltung anzutreffen. Auch in ihren schlimmsten Momenten bewahrte sie Stil.

Auf einem einzigen Foto aus jenen Tagen wirkt sie starr, unnatürlich und kostümiert. Das Äussere stimmt nicht mit dem Inneren überein. Ihr Blick ist zu forsch, ihr Kameralächeln zu aufgesetzt. Sie strahlt etwas Theatralisches aus. Ihr Broderiehaus steht in diesem Augenblick auf der Kippe. Die Causa Manser gegen Räss hat ihre finanzielle Reserve erschöpft. Sie glaubte an ihr Ende.

Die Tochter des Geissenbauern hat nie über diesen einen Tag geredet, da sie am Abgrund stand. Das Jammern war nicht ihre Sache.

Ihre Familie hielt die Tante für unermesslich reich.

Im Herbst 1929 kam es in New York zu einem Börsenkrach. Menschen stürzten sich von Hochhäusern. Ehe die Tante das Broderiehaus verliess, schaute sie vorsichtig an der Fassade hoch.

Ich getraue mich nur noch bei verschlossenen Fenstern auf die Strasse.

Der Bestellrückgang der ominösen Firma Friedländer aus Paris gab Rätsel auf. Die Rechnungen wurden pünktlich bezahlt. Es gab auch nie Reklamationen. Nach Meinung von Maria Antonia kämpft die jüdische Firma in Paris gegen politische Widrigkeiten.

Katri fuhr ein Schreck in die Glieder, weil Beth den Namen Friedländer auf einer Todesanzeige gelesen hatte. Der Verstorbene wurde nur dreissig Jahre alt. War er vielleicht ein Springer? Der Name Karl habe aber, wie Beth betonte, nicht in der Anzeige gestanden.

Mit jedem Tag wurde Schwester Katri stiller. Sie besuchte kaum noch den Park. Barfuss-Spaziergänge durch die Wiese lockten sie nicht. Auch auf die besonnte Treppe setzte sie sich nicht.

Schwierige Tage. Verlierer und Gewinner. Sensationen wirbeln auf und tauchen unter.

Beim Nähen, Bügeln und Sticken plaudern die Angestellten über den Tonfilm. Er ist allgegenwärtig. Das Schifferklavier verschwand aus den Kinosälen. Auch der Pianist, der Stummfilme mit seinem Gehämmer untermalt hatte, verschwand. Beliebte Schauspieler bekamen wegen ihrer Piepsstimme oder ihres Akzents die Kündigung. Neue Gesichter tauchten auf der Kinoleinwand nur wegen des Timbres ihrer Stimme auf.

Walt Disney schien meistens unterwegs zu sein. Inzwischen war er ein Kunde des Broderiehauses. Das Fairygirl bewunderte ihn zutiefst, weil er ihrer Meinung nach Fantasie mit Hartnäckigkeit verband.

Die Crew war derselben Ansicht.

Maria Antonia Räss reicht dem Trickfilmkünstler knapp bis zum mittleren Knopf des Anzugs. Hat also beim Gespräch immer sein Einstecktuch vor Augen. Nichts hält sie zurück, dieses Einstecktuch zu richten. Da er aber stets in Bewegung ist, muss sie mittrippeln, nach links und nach rechts, vor und zurück, während sie das Mouchoir büschelt, zum Strauss fallen lässt, aufschüttelt und mit einem Ruck aus dem Handgelenk in seine Brusttasche zurücksteckt. Danach im Takt ihrer Links-rechts-Trippelschritte gehörig auf Walts Rippen klopft, um den Prachtsputz festzunageln.

Vor und zurück. Ihr Disney-Tanz.

Zu Hause hat ihre Familie diesen oft und gerne imitiert. «Wir haben den Disney-Tanz zur allgemeinen Heiterkeit aufs Parkett der hiesigen Tanzflächen gestampft.»

Zu dieser Zeit rast die sprechende Maus um die Welt.

Plutos Schwanz vibrierte wie eine Stimmgabel, und Donald Duck rannte mit dem Geräusch quietschender Reifen um die Ecke. Es hiess: König Edward aus England schaue nie einen Film, in dessen Vorspann keine Trickfilmfigur auftaucht. Niemals!

Die goldene Zeit von Hollywood: Sie öffnet ihre Blüte.

Den Filmstars fliessen seidene Morgenkleider auf die Füsse, während sie langsam mit Hüftknick über endlose, gewundene Treppen herabsteigen, theatralisch einen Arm aus ihrem Glockenärmel heben, um eine Locke aus der Stirn zu streichen. Die perfekte Kleidung der Dame fürs ausgedehnte Frühstück und den Morgenempfang. Es gibt sie nun in jedem bedeutenden Laden zu kaufen. Auch im Broderiehaus von Miss Räss.

Frauen wollen gefallen. In jedem Jahrhundert. An jedem Punkt der Erde. Ob die Wirtschaftskurve steil nach oben verläuft oder Konkurse sich häufen. Frauen tun alles, um begehrt zu werden. Der Wäschesektor nimmt am rasantesten zu. Serielle Anfertigungen erobern den Markt. Standardgrössen für Büstenhalter betonen die Frauenbrust mit einer spitz zulaufenden, satinierten, in Schneckenform abgesteppten Kegelform.

Im Kiosk neben dem Broderiehaus stehen die Ständer mit Magazinen auf dem Gehsteig.

Die Angestellten verbannen ihre Ärmelschürzen. Dauerwellen kräuseln ihr Haar. Auch Beth und die Chinesin Li schneidern am Feierabend mithilfe eines Schnittmusterbogens die Leinwandgarderobe einer Filmschauspielerin nach. Meistens ist es Katri, die mit Stecknadeln im Mund am Boden kniet, um an den Mädchen eine raffinierte Linienführung abzustecken.

Sie wehrt sich aber mit Händen und Füssen, wenn Maria Antonia sie drängt, in eines dieser eleganten Kleider zu schlüpfen.

«Ich sterbe lieber, als aufzufallen!»

Ausstattungsgeschäfte für Damen und Herren schiessen aus dem Boden. Im Nebenblock mietet ein Hutsalon sich ein. Im Kiosk wird der gut gehenden Kleenex-Ecke eine Abteilung mit Kosmetikartikeln zugefügt. In jeder freien Lücke parken Fahrräder und Automobile.

Im Quartier der Tante wird es eng.

«Wir müssen auffallen! Uns hervorheben.»

Miss Räss schliesst sich ein Wochenende lang im Boudoir ein.

Am Montag trifft ihre Crew beinah der Schlag. Der Showroom ist durchwühlt, Schubladen stehen offen. Seidenbänder sind von den Spulen abgerollt, Ansteckblumen liegen auf dem Boden, und unter den Schuhen bersten Knöpfe.

Während Beth und Li und Katri den Kleinkram sammeln, wird draussen die Ladefläche eines Lasters aufgeklappt. Die Crazy Woman kriecht unter der Plane hervor. Lachend hält sie Farbkessel in die Höhe und verteilt Pinsel an ihre Frauen.

Wie gefällt Euch mein Broderiehaus?

Diesem Brief lag eine Schwarz-Weiss-Fotografie bei. Das undeutliche Bild erlaubte kein Urteil. Die Tante stand an der Spitze ihrer Crew vor dem Broderiehaus. Mehr war nicht zu erkennen. Die Tante schilderte eine kolossale Verwandlung des Geschäfts. Das Schaufenster sei ein knallroter Schrein. Ein Elektriker habe Drähte eingezogen und eine Reihe Glühbirnen eingeschraubt. Goldrahmen mit Mouchoirs würden an unterschiedlich langen Schnüren baumeln. Dazwischen pendle traumhaft zarte Wäsche.

In einem nächsten Brief erwähnte sie, dass der Zauber ihres Schreins viele Leute anlocke. Sie bewundern die kostspieligen Kleinode.

Ihr Broderiehaus erblüht. Stickaufträge überschwemmen die Heemet.

Post-Babette schwenkte ihre Briefe schon beim Nussbaum.

«Maria Antonia ist arriviert.»

Beim Aussprechen dieses Satzes zog Bruder Alois die Brauen hoch und schürzte prahlerisch die Lippen.

Die Auswanderin bekommt den Titel: Königin der Nadel.

Wenn die Sippe in St. Gallen feine Stoffe einkauft, zählt sie kein Kupfergeld mehr auf den Ladentisch. Sie schiebt Dollarnoten vor die Registrierkasse. Mutter Räss leistet sich den Hausbesuch eines Arztes. An Festtagen gönnen sich die Geschwister ein Essen in der Wirtschaft. Mili, Alois, Rosa und Sepp marschieren im besten Gewand zum Schalter des neuen Bahnhofs, um Fahrkarten für einen Ausflug ins Rheintal zu kaufen.

Die Tante war nie der Meinung, dass ein Mensch alles meistert. Doch der Kluge versucht sein Bestes. Sie wusste, dass sie alles geben muss, um ihre Marke in den Weltmarkt zu fädeln. Nur so kann sie die Bank von ihrer Kreditwürdigkeit und Kontinuität überzeugen. Die Kundschaft war verwöhnt. Sie verlangte Diversität. Wenn sie prosperieren wollte, musste sie ihren Handel ausweiten.

Von China kamen Stoffe aus feinster Seide. Dort verstand man sich ebenfalls aufs Sticken. Statt die Familie in der Schweiz zu besuchen, legte sie das Ersparte in eine Fernostreise an. Sie wollte sich an Ort und Stelle ein Bild von den Möglichkeiten machen.

Mit einem Dolmetscher ist sie landauf, landab, von Fabrik zu Fabrik gereist. Es sei mühsam, schrieb sie nach Hause. Andere Sitten, anderes Essen, Gesichter, in denen unsereins nicht zu lesen versteht. Nach einigen Ateliers-Besichtigungen kehrte sie zur versteckten alten Fabrik zurück, die sie als erste besuchte. Dort sah sie Stickereien, die ihr für den amerikanischen Markt geeignet schienen. Der Besitzer wartete schon mit dem Bestellblock.

«Menge? Per wann?» Er tippte zweimal die Spitze des Schreibstifts in ihre Richtung.

«Menge: Null! Ich kaufe die Fabrik. Per sofort.»

Ihre Ruckzuck-Beschlüsse waren in der Familie bekannt. So war sie schon immer. Rasch im Handeln, keine Sekunde des Zauderns, mit Kopfsprung hopp! mitten hinein.

Der Fabrikbesitzer, ein älterer Herr, ein Alleinunternehmer, war darüber verblüfft. Er wies das Ansinnen der weissen Frau zurück. Undenkbar, dass diese seine Fabrik leitet. Dass diese überhaupt glaubt, sie sei dazu fähig.

Da sie ihn mit verschränkten Armen und versiegeltem Mund vor seiner alten Stickmaschine stehen sieht, schubst sie ihn seufzend zur Seite. Fädelt die Nadeln ein und beginnt, den Wagen des Ungetüms zu lenken. Die halbe Nacht stickt sie an einem komplizierten Muster.

Als ich vom Sitz kletterte, entdeckte ich den unterschriebenen Vertrag.

Sie ist noch vierzehn Tage in Hongkong geblieben. Hat die Fabrik reorganisiert, einige Hochleistungs-Stickmaschinen bestellt und den Arbeiterinnen neue, mit dem Dolmetscher ausgearbeitete Verträge vorgelegt.

TANZ ÜBER DEN OZEAN

Niko Mansers Luftballon knirschte noch an der Decke. Aber niemand schaute hin. Wer glaubt einem Clown? Es gab so viel zu bereden. So viele Erinnerungen aufzustöbern. Die reiche Tante war nie so lebendig wie jetzt, nach ihrem Tod. Sie verströmte sogar ihr Parfum im Rathaussaal. Monate nach dem Begräbnis hüllte sie alle in ihren Duft.

Als sie mit der Olympic nach Amerika dampfte, roch ihre Kleidung nach Kotze. Europa lag in Trümmern. Ihre tränenbenetzte Karte enthielt das Versprechen, für die Heimreise zu sparen. Viele weitere Karten erreichten das Grüt. Jede zeigte das Puzzleteil einer Welt, die bei aller Fantasie nicht in die Miniaturmalerei des Fensterbrettchens eines Heemets passt.

Katri fand, es wäre für Maria Antonia nun an der Zeit, die Familie zu besuchen.

Diese hätte die Schifffahrt wohl noch einige Wochen hinausgezögert, wäre sie nicht Coco Chanel an einer Veranstaltung begegnet. Sie war von Samuel Goldwyn nach Amerika eingeladen worden, um einige Kostüme für seinen neuen Film zu schaffen. Der französischen Modedesignerin gefiel die MRA-Kreation einer Tischdecke. Sie besass eine ähnliche in ihrer Villa

Bel Respiro. Solch reiche Plattstickereien auf feinstem französischem Leinen gab es vor dem Zusammenbruch der Monarchien in den europäischen Adelshäusern. Danach wurden sie rar.

Die beiden europäischen Meisterinnen der Nadel vertieften sich in ein Gespräch über Epochen und Stile und Kontinente. Mit Goldwyn hatte es Schwierigkeiten gegeben. Chanels Kostümentwurf für Gloria Swanson war auf Ablehnung gestossen. Man empfand ihn als zu unspektakulär.

Das alte Frauenbild geisterte noch immer durch die Studios. Diese Frau war in flauschige Musseline eingewickelt, mit Rüschen, Perlen und Bändern dekoriert und räkelte sich auf Seidenpolstern, taugte aber zu keiner Tätigkeit. Sie war nichts als eine köstliche Praline.

Immerhin konnte Coco einige neue Kundinnen unter den Damen gewinnen. Darunter Marlene Dietrich, Greta Garbo und die Repräsentantin von MRA-Broderie. Chanels Rückreise nach Europa stand bevor. Herbstbeginn war Hochsaison in der Modebranche. Die neue Kollektion kam heraus. Maria Antonia fixierte einen kurzfristigen Besuch in Paris.

Walter Elias unterstützte sein Fairygirl. Er machte ihr die Notwendigkeit dieser Reise klar. Paris lag gerade im Trend und ist zur Kultstadt von Mode, Musik, Film und Literatur geworden. Künstler lassen sich von der überschäumenden Lebendigkeit der Crazy years betören. Hemingway schreibe dort, Josephine Baker tanze, und Coco Chanel kleide die neue, berufstätige und äusserst tüchtige Frau.

Miss Räss liess in ihrem Atelier einige extravagante Stirnbänder im Stil der Charleston-Mode für Coco anfertigen. Katri lag ihr mit dem Besuch bei der Firma Friedländer in den Ohren. Die

Schwester soll dort den Grund der Störung ihrer Geschäftsbeziehung in Erfahrung bringen. Diese bitte beleben. Himmel und Hölle in Bewegung setzen. Sie redete auf Maria Antonia ein. Und bat, sich auch nach Herrn Karl zu erkundigen.

Danach steht ein Besuch in der Schweiz auf dem Plan. Sie will die kränkelnde Mutter sehen. Auch Mili, Rosa, Alois und Sepp. Und Blumen aufs Grab des Vaters legen. Beth und Li besorgten Geschenke für die ganze Familie.

Die Überfahrt machte die Tochter des Geissenbauern nun in der Mittelklasse. Dort hat sie eine Kabine zur Verfügung und einen reservierten Platz im Speisesaal. Nichts erinnert an die frühere Reise im Erbrochenen des Zwischendecks. Nur die Bewegung der Wellen ist dieselbe. Auch das Grün der unüberschaubaren Wasserfläche.

Auf der Herfahrt trug sie ein knöchellanges braunes Wollkleid und ass auf dem Boden die mitgebrachte Mahlzeit. Bei der Rückfahrt schlenkert nun ein loses Designerkleid um ihre Waden. Sie studiert im Speisesaal eine zweiseitige Menükarte und wird von Personal umschwirrt. Zu ihrem Mehrgangmenü gehört eine Besteckreihe, ein vielteiliges Tafelservice und eine Serie Glaskelche. Der Service wird von der Suppe bis zum Nachtisch von einem Orchester untermalt.

Die Reise: ein hochkarätiges Erlebnis. Die Familie im Grüt wird die Schilderung niemals vergessen.

Mit geradem Rücken sitzt die einsame Schöne auf ihrem Stuhl, schwankt mit dem Meer, feuert Blicke und zeigt Männern das Grübchen im Herzgesicht. Sie wird von ihrem eigenen unbändigen Gelächter überrascht, als ein Herr vor ihr die Füsse zusammenschlägt.

Sie tanzt Auge in Auge mit dem Kavalier.

Reich mir deine Hand! Nimm mich in deinen Arm!

Bisher kannte sie nur Arbeit. Nun tanzt New Eve zum ersten Mal Charleston. Wirft ihre Beine in die Höhe, kreuzt die Handschuhhände vor den Knien und lässt Rocksaum, Quasten und Perlenschnur fliegen. Zwischendurch pausiert sie mit überschlagenen Beinen auf einem Barstuhl, hält die Bernsteinspitze ihrer Zigarette zwischen zwei abgespreizten Fingern und blinzelt durch den Rauch.

Sie telegrafierte an Katri. *Ich tanzte die halbe Nacht. Tanzte vom Westen nach Osten über den Ozean. Nun bin ich in Paris.*

Ein Taxi bringt sie ins Stadtzentrum.

Sie versucht im Hotel Ritz, eine Verbindung zur Firma Friedländer herzustellen. Doch sie kommt nicht durch. So schreibt sie einige Zeilen auf Briefpapier vom Hotel Ritz.

Monsieur Karl

Ich hörte in New York von Ihrer überstürzten Abreise. Meine Schwester und ich sind bedrückt, dass es Ihnen nicht so gut geht, wie wir es uns ausmalten. Aber dann dachten wir, Sie hätten New York vergessen, weil Sie einer angenehmen oder gar aufregenden Beschäftigung nachgehen. In unserer Fantasie sahen wir Sie in einer Manege auf Kugeln balancieren und am Trapez unters Zeltdach fliegen, blitzend von Pailletten. Zum Vergehen schön.

Im Ernst: Ihre Zeilen haben uns berührt. Wir fragten uns, was für ein Mensch Sie sind. Der Zufall will, dass ich diese Woche in Paris bin, um einige geschäftliche Besuche zu machen. Vielleicht können wir uns sehen?

Ihre Maria Antonia Räss von MRA-Broderie.

Erst wollte sie den Brief einem Pagen übergeben. Doch der Besuch der Firma Friedländer stand auf dem Plan. Sie beschloss, die Nachricht dort zu übergeben.

An der angegebenen Adresse gibt es eine Werkstatt, die Metall verarbeitet. Ein Monsieur Karl war nicht da. Der Buchhalter kann keine Auskunft geben. Aber er nimmt ihren Umschlag entgegen. Als in der Empfangshalle zwei Herren sich aus den Sesseln lösen, hastet er in sein Kontor zurück.

Die Herren sprachen Hochdeutsch mit Maria Antonia. Auch sie konnten sich keinen Reim auf Wäschelieferungen aus Amerika machen. In diesem Betrieb verarbeite man Stahl. Nur Stahl. Die Herren kennen die Schweiz. Eine schöne Gegend. Das Land der Banken und Geheimnisse. Sie erkundigten sich nach der Verbindung zu diesem Herrn Karl Friedländer. Welcher Art sind diese?

«Welchen Dienst erweisen Sie Herrn Karl in der Schweiz?»

Die Blicke, die die beiden Herren zum Kontor schicken, haben etwas Bedrohliches. Der Buchhalter vergräbt sich dort hinter einem Aufbau von Aktenordnern.

Liebe Katri, ich habe nichts in Erfahrung gebracht. Die Herren begleiteten mich zum wartenden Taxi. Ich hatte kein gutes Gefühl. Wir müssen Friedländer und seine Bestellungen vergessen.

Danach besuchte sie Coco Chanel. Sie vertieften ihr Gespräch, das sie in Amerika begannen. Es ist die Rede von Lieferanten, Konkurrenten, Verträgen, Gewerkschaften, Raubkopien und Massenware. Maria Antonia dachte zum ersten Mal über solche Themen nach.

Coco gestand, dass sie kurzzeitig ihr Haut-Couture-Geschäft schliesse. Sie müsse Angestellte entlassen. Sie schien deprimiert.

Hatte genug von Banken, Kreditverträgen, Gewerkschaften, Aufständen und Hetzkampagnen. Sie schwor auf gute Luft, Promenaden in Nizza und Ausflüge in der Limousine mit Chauffeur.

Diesen Besuch notierte Maria Antonia im Kalender mit drei Ausrufezeichen als sehr wichtig.

Am nächsten Morgen erreicht sie ein Brief von Herrn Karl, der an der Rezeption des Hotels abgegeben worden war.

Verehrteste

Ich war überaus glücklich, Ihren nach Chanel 5 duftenden Brief zu empfangen. Monsieur Claude, mein Buchhalter und Briefträger, steckte ihn mir strahlend zu, er schnupperte noch einmal daran. Ich bin sicher, er wird sich in Ihre Madonnenhände, die ihm den Brief übergaben, unsterblich verliebt haben. Doch ist er schon nahe an seinem Ruhestand. Ich würde ihn so gerne zu unserer Hochzeit einladen.

Jetzt habe ich mich aber etwas weit vorgewagt, liebe Miss Räss, schöne Fremde. Verzeihen Sie meine Überflutung. «Karl» ist der Name fürs Geschäft. Meine engsten Freunde nennen mich «Charles».

Wunderbare! Mein guter Monsieur Claude hatte Gründe, sich vor den zwei Herren zu verbergen. Auch ich habe Gründe. Aber versänke morgen die Welt zu Staub, was ich für Sie empfinde, bleibt über die Zeit hinaus.

Als ich Sie in New York zum ersten Mal sah, war ich fasziniert von den schönen Händen, die schöne Dinge auf eine schöne Art berühren. Mit einem Kniefall vor Ihnen bin ich nach Europa zurückgefahren. Dort war ich den teuflischsten Versuchungen ausgesetzt und gestehe, dass ich auch Ihnen von allen Lastern diejenige der Begierde an den Hals wünschte.

Ich zitterte vor Neugier beim Aufreissen des schön kalligrafierten Umschlags. Als ich las, dass Sie und Ihre Schwester mich als pailettenglänzender Zirkusartist denken, dem die Herzen der Frauen ob sei-

nem Wagemut zufliegen, konnte ich herzlich lachen. Was würde an der Zirkuskuppel passieren, wenn Sie, Verehrteste, unten wären im Publikum? Ich stürzte mit Sicherheit ab, um rascher bei Ihnen zu sein. Oder ich würde im Flug von einem zum andern Trapez Ihre Lippen berühren, ehe ich unter der Kuppel die Schwingen meines weissen Umhangs wieder falte.

Vergeben Sie mir diesen Traum!

Betroffen nahm ich Ihre Vorwürfe hin, da ich Sie in New York um ein Zeichen der Hoffnung bat. Mich aber nicht meldete, als Sie das Schaufenster tatsächlich änderten. Wie konnte ich denn ahnen … Wie hätte ich auch nur eine Minute glauben können, dass ich Ihr Interesse geweckt haben könnte. Und Sie, Allerschönste, sehen oder gar für einige Stunden für mich ganz allein haben dürfte.

Doch glauben Sie mir bitte, dass es nur kommerzielle oder unselige Angelegenheiten sein können, die mich von einem Treffen mit Ihnen abhalten. Ich versichere Sie meiner Anbetung, die seither nicht geschrumpft, sondern noch gewachsen ist. Ihr Charles

«Es gab einen *Charles?*»

Die Verwandtschaft hatte nie von einem Mann dieses Namens gehört. Es gab einen Walter Elias Disney. Es gab Unbekannte. Und Niko, der sich ihretwegen die Hacken ablief. Die Königin der Spitzen hatte wenige Freunde, dafür einen Hofstaat. Speichellecker. Aber keinen Mann.

Die Liebesbriefe existierten. Die Sippe konnte sich im Rathaus davon überzeugen.

In Paris muss sie diesen Karl Friedländer, alias Charles, getroffen haben. Die Tante war nicht mehr jung, sah aber verführerisch aus mit dem Zyklame-Kussmund im hellen Pudergesicht, dem ondulierten Haar à la Greta Garbo und den seidigen Beinen unter dem kurzen Rock.

Sie hielt sich eine Woche länger im Pariser Ritz auf als geplant. Ihr anschliessender Besuch in der Schweiz dauerte vom Samstag bis zum Montag. Sie fuhr nicht zur Heemet, sondern stieg im Hotel Hecht in Appenzell ab.

Hatte wohl keine Lust auf die «Knebelscheisse» und die «Katzenwäsche» draussen am Brunnentrog. Wollte die Familie nicht als Zuschauer, wenn sie auf Briden Pumps über die Geissenbohnen schaukelt.

Wie ein Lauffeuer verbreitete sich die Ankunft einer Dame von Welt im Hotel Hecht.

Ihr Altfrentsch sei allerdings jenes von einem ungehobelten Geissenbauern. Sie stemmt die Fäuste in die Hüften und befiehlt. Ihr Gepäck besteht aus sieben Lederkoffern mit gepunztem Monogramm. Vor dem Hotel hat sie es auf der Strasse stehen lassen, ist am Portier vorbei in die Suite Nummer 36 marschiert. Ihr Gepäck wurde vom Personal hinterhergetragen. Ohne ein einziges Mal das Hotel zu verlassen, empfing sie im wuchtigen Sessel die Mutter, Mili, Rosa, Alois und Sepp und eine Reihe Verwandte.

Alle sind angetreten, um ihr Handwerk zu präsentieren.

Alle erhielten ein Geschenk. Kleinigkeiten wie Parfums, Broschen, Handschuhe und Taschen. Ein Hauch von Luxus, den ihre Familie sich nicht gönnen konnte. Ihre Ausgaben hatten aber ein vertretbares Mass. Appenzellisch. Passend.

Wer sie aufsuchte, säuberte am Abtreter die Schuhe und stellte sich stramm vor ihren Sessel. Die Tante legte die zyklameroten Nägel auf die Perlenkette und fragte, wie es so geht. Wie es den Eltern geht. Wie alt die Kinder seien und ob sie schon fädeln. Sie beherrschte nicht einmal mehr den Dialekt. Das R rollte sie im Gaumen, wie der knurrende Bläss. Mischte dem amerikanischen Akzent Wörter im ungehobelten, altertümlichen Appenzellisch bei. Und während der Audienz trafen Telegramme ein.

Nur die engste Familie habe sich getraut, einige Male das Maul aufzumachen.

«Die Königin begutachtete unser Handwerk mit der Lupe, während wir das Geschenk umklammerten und aufs Urteil warteten. Sie liess uns Prozentsätze und Verteilschlüssel um die Ohren schwirren und fragte nebenbei, wie viel wir für unsere Arbeit verlangen. Doch wenn die beste Kopfrechnerin blitzschnell vervielfältigt, dividiert und mit klarer Stimme eine Zahl in die Luft wirft, was tun wir da? Wir nicken wie Esel am schwer beladenen Karren. Maria Antonias Rechenkunst erschlug uns. Wir schrumpften zu kleinlauten Geissenbauern. Und atmeten erst wieder durch, als wir aus der französischen Parfumwolke an die Frischluft stolperten.

Hat sie vergessen, dass wir in anderen Verhältnissen leben?

Uns haftet der Geruch des Geissbocks an. Wir tragen die Kleider aus und flicken sie, bis das Gewebe zerfällt. Wir erwarten unsere Besucher unter dem Nussbaum. Tischen Most auf, plaudern, streichen das Hackbrett und singen. Sie aber rückt mit unzähligen Koffern an. Lässt das Taxi vor dem Hoteleingang warten. Pfeift uns zu sich ins Nobelhotel und hält Hof.

Nach dem Besuch waren wir so beschämt, dass wir uns hätten anspeien können. Einige schworen, sich nie mehr einer Audienz bei der Überkandidelten zu unterziehen.»

Niko Manser habe seine Frau im «Hecht» mit Blumen besucht.

«Sie war ausser sich vor Freude.»

Die Sippe brach in Gelächter aus. In Wahrheit war die Tante bereits abgereist. Der Erbschleicher kam zu spät ins Hotel Hecht. Er kam immer zu spät. Oder ungelegen. Oder tauchte überhaupt nicht auf, weil seine Protzkiste einen Platten hatte.

Die Dame Räss hat nicht einmal ihre Koffer ausgepackt. Nach Erledigen ihrer Geschäfte ist sie mit dem Taxi nach Paris zurückgekehrt. Sie hatte diesen Charles im Kopf. Und drehte durch. Sie ging schon auf die vierzig. Um Kinder in die Welt zu setzen, war es schon fast zu spät. In den Wellenhügeln wird jung geheiratet. Die Freier führen ihre Frauen zur Kirche, ehe die Hosenknöpfe aufspringen. Ehe das Kind die Schleppe des Brautschleiers tragen kann.

Wie lange dauerte damals die Fahrt eines Zwischengang-Vehikels nach Paris?, wollte ich von den Geschwistern Zellweger wissen. Hans meinte lachend: «Sie dauert viel zu lang für eine aus Sehnsucht zitternde Frau. Unser Tantchen muss tausend Tode gestorben sein.»

Die «Ile de France» legte in Le Havre ab. Maria Antonia hatte in Paris eine einzige Nacht, um in den Armen dieses Mannes zu versinken. Sie war schwach vor Verlangen. Sie hat die Hand auf die Brust gepresst, damit ihr Herz ruhiger schlägt. Sie hat gebetet und gebettelt.

Komm nicht zu spät... Ich zähle auf zehn, um mich nicht auf dich zu stürzen, sondern lächelnd und gelassen dir entgegenzugehen. Als die Frau, die du erwartest ...

Bei Gott, ich kann nicht warten ...

Es muss für sie eine Erlösung gewesen sein, als der Portier vom Ritz endlich vermeldete, dass ein Herr mit grauem Hut und gerollter Zeitung in der Lobby auf Miss Räss warte.

«In dieser Nacht wollte sie sterben.»

Hulda wusste von Maria Antonias grosser Liebe. Die andern Verwandten beurteilten diese nach den Briefen. Sie waren der Meinung, der graue Herr Friedländer habe mit der Tante ein erregendes Spiel getrieben. Ihre Ungeduld war legendär. Dieser Charles musste sie festhalten, damit sie die Kleider nicht an sich herabfetzte. Da ihm die Knie wegbrachen, wenn er sie nur anschaute, benötigte er viel Zeit, um sich in seinem Gefühlschaos zurechtzufinden. Er wollte seine Göttin langsam aus den Hüllen schälen und bearbeitete die Häftchen, Druckknöpfe, Ösen und Knopflöcher mit Lippen und Zähnen. Der Verschluss-Houdini muss die recht unerfahrene Tante beinah um den Verstand gebracht haben.

Nach Meinung von Niko war dieser sogenannte Charles ein Intermezzo. Eine Nacht ohne Nachhall. Hulda widersprach. Er hat ihrer Gotte viel bedeutet. Alles. Das Licht. Der Himmel. Die Hölle. Sie hat ihm ihr kunstvollstes Mouchoir ins Sakko gesteckt. Er wollte es immer tragen.

Wie auch immer. Die Familie nimmt dies zur Kenntnis.

«Unser Tantchen hatte in Paris viel Spass.»

Am nächsten Morgen verliess das Paar die Halle des Ritz. Der graue Herr mit hochgeschlagenem Mantelkragen und ins Gesicht gezogener Hutkrempe. Madame mit Blumen im Arm. Sie fährt allein im Taxi Richtung Le Havre.

Die Familie hat von ihr erst wieder gehört, als sie an Bord des Schiffes war. Sie hat Stickaufträge für die *Wolfe*-Meedle abgeändert. Das Geschäftliche sei ihr erst wieder auf dem Ozean eingefallen. Sie hat die Änderungen auf der Rückseite einer

Ansicht von der «Ile de France» notiert. Dies war das Flaggschiff der Reederei. Es wurde in den Zeitschriften als schönster Dampfer der Gesellschaft angepriesen. Die Amerikaliner wetteiferten mit ihrer Eleganz, ihrem Luxus, ihrer Küche. Im Verwöhnen des Gasts hinkten sie keinem Grandhotel auf dem Festland hinterher. Die Innengestaltung war in der Stilrichtung des Art déco gestaltet und sorgte für Aufsehen.

«Das Richtige für unsere Tante.»

Der exquisite Speisesaal reichte über drei Decks und wurde über eine prächtige Treppe betreten. Auf dem Schiff gab es eine Kapelle, einen Schiessstand, einen Sportbereich, sogar ein Karussell. Die Reichen und Schönen benutzten das Schiff. Maria Antonia hatte eine Suite in der ersten Klasse gebucht.

Charles wollte nachkommen. Es steht in einem Brief.

Plötzlich setze ich den Fuss in Deinen Showroom. Dann aber als Mann, der nur innerlich einknickt. Dessen Arme Dich an die Brust reissen und nie mehr loslassen.

Die Erstklass-Passagierin Räss konnte sich später nicht mehr erinnern, was sie an Bord dieses aufsehenerregenden Schiffs besonders genoss. Mit welchen Reisenden sie ins Gespräch gekommen war. Welche Menüs sie gekostet hatte.

Sie berichtete später, sie habe die Fahrt vergessen. *Mir scheint, als habe ich mich nie unterhalten, nie übers aufgepeitschte Wasser geschaut und die salzige Feuchtigkeit niemals auf der Haut verspürt. Ich muss die ganze Überfahrt in der Suite verbracht haben.*

Was ging ihr in diesen Tagen und Nächten durch den Kopf? Sie vernimmt den Wellenschlag. Er hämmert den Namen ihres Liebhabers an die Schiffswand. Charles hat von ihr Besitz ergriffen und nagelt sie in ihre Kabine, während im prächtigen Saal die Paare tanzen. Sie ist am Verzweifeln. Wünscht nichts so sehr, wie den grauen Mantel am Kragen zu fassen.

Ich will Dir sagen, was nicht leicht zu sagen ist. Vor 30 Tagen verlor ich mich beim Nachzeichnen der Fältchen in Deinem Gesicht. Verlor meine Fassung, Gelassenheit und Zuversicht. Vor 1 Tag deckte Dein Körper den meinen vollkommen ab. Aber jetzt … ich bin Deine Gefangene.

Die Tochter des Geissenbauern hat ein bisschen geweint.

Frauen weinen, wenn sie sich verlieren.

Sie hat ihm geschrieben.

Mon Amour! Uns trennt 1/2 Ozean. Es ist unglaublich. Obwohl jede Distanz zwischen unseren Körpern, und seien es nur wenige Zentimeter, die gleiche unendliche Ferne darstellt. Eine herzzerreissende Ferne. Sehnsucht bringt mich um.

Ich gestehe, in jener Liebesnacht im Ritz habe ich das Bett verlassen, Dich, Liebster, um im Dunkeln vor Glück zu weinen … so unfassbar vollkommen war unser Sturz in den Himmel. Dass ich so viele Bauchmuskeln habe, die weich und flockig werden, das wusste ich nicht. Im Kopf wiederholte ich Deine behutsame Art, mich aus meinen Kleidern zu schälen. Du scheinst geschaffen, in Hut und Mantel ins Ritz zu treten, einer fremden Frau aufs Zimmer zu folgen und sie – mit mässiger Gegenwehr und ohne, dass sie einen Mucks von sich gibt, aus ihren Hüllen zu schälen.

Ich habe Bild um Bild, Schauer um Schauer wiederholt. Ich musste weinen.

Mit offenen Augen lag ich am Morgen auf dem breiten Bett des feudalen Zimmers. Unter der trommelnden Dusche flatterten Deine kleinen Arschbacken. Ich sah zu. Stumm vor Glück. Zerrissen von Schmerz. Meine Abreise nach New York stand bevor.

DAS GEWISSE ALTER DER FRAUEN

200 Kilometer vor dem Ankunftshafen wird ein Wasserflugzeug von Bord der «Ile de France» katapultiert. Es fliegt dem Schiff mit der Post voraus.

Katri bekam eine Karte mit der Ankündigung der Ankunft von Maria Antonia. Am Hafen sanken die Schwestern einander in die Arme. Eine fade Sonne schüttete dazu ihr Vanillegelb über die Skyline der Stadt. Dahinter ballten sich schwarze Wolken zu Knütteln.

Die Reisende sprudelte.

«Schön ist gar kein Ausdruck … unfassbar … es gab noch nie … nein so heitere Augenblicke gab es nur, wenn ich nach dem Tagwerk im Webkeller zum Grüt zurückkehrte, dich am Fenster sticken und die Brüder wie junge Hunde unter dem Nussbaum tollen sah. Ich war froh und glücklich in Paris … ein Höhepunkt, wie er nur einmal im Leben passiert.»

Katri stockte das Herz. Sie wusste alles. Herr Friedländer ist in den Kirschaugen ihrer Schwester ertrunken.

Miss Räss nahm den Karren wieder an die Hand. Neuigkeiten prasseln auf sie ein. Beth ist schwanger, kann aber noch einige Monate arbeiten. Grossaufträge sind zu bearbeiten. Artikel über den Erfolg von Walter Elias Disney liegen zum Lesen im Boudoir. Er wird den Ehren-Oscar für die Schöpfung der Mickey Mouse erhalten. Auch The Three Little Pigs bringt sensationelle Erfolge.

Wie eh und je sang Li im Takt der Stösse ihres Bügeleisens.

Doch Katri war bleich und abgemagert. Bis zu Beths ersten Wehen könne man sie durchs Nadelöhr fädeln, scherzte Li. Da die Patronne wieder da ist, den Showroom bedient und mit den Buyers verhandelt, kann Katri sich eine Pause gönnen. Trotzdem besucht sie jeden Tag das Geschäft, hängt matt im Stuhl, sieht den Grossauftrag durch oder schaut einfach nur zu, wie Beth den Faden zum Befeuchten durch den Mund zieht und am Stoff stippelt. Wenn Li nicht singt, raschelt nur das Papiermuster unter Beths Fingern.

Von einem Tag auf den andern rührt Katri keinen Stickrahmen mehr an, teilte Maria Antonia der Familie mit. Sie verberge ihr Kummergesicht in der Armbeuge. *Ich bin ein wenig müde*, sage sie. Doch sei zu befürchten, dass sie mehr als müde ist.

Die Tage sind ihr zu einem Muster geworden, das sie nicht mehr sticken mag. Das Dessin gefällt ihr nicht. Zu kompliziert, zu variantenreich und unübersichtlich. Das Bild ihres restlichen Lebens ist die einzige Bestellung, welche die beste aller Stickerinnen nicht ausführen kann.

Jetzt ist sie in der Hand eines guten Arztes.

Die Kränkelnde kam jeden Tag ins Atelier. Klagte nie und äusserte keinen Wunsch. Ab und zu wurde sie von einem Hustenanfall geschüttelt. Danach sass sie wieder lange Zeit reglos auf der Kante des Stuhls.

Schon im Grüt nahm sie immer nur eine Platzhälfte in Anspruch. Auf diesem Kleinstfeld handhabte sie artistisch den

Stickrahmen und zauberte komplizierte Muster auf feinste Gewebe. Aber durch den Showroom huschte sie als Schatten. Man musste diesen Schatten festhalten, wenn ein Käufer die Stickerin eines Wunderwerks kennenlernen wollte.

Als Katri Blut hustete, brachte Maria Antonia sie in ein Lungensanatorium auf dem Land.

Es war Herbst. Hochsaison im Broderiehaus. Die tüchtige Stickerin fehlte. Wöchentlich trafen Stoffpakete ein, die auf den Nähtischen im Atelier landeten. Vereinbarte Liefertermine mussten eingehalten werden. Es waren Vorauszahlungen zu leisten. Und die Patronne drängte den Buchhalter, pünktlich die Löhne bereitzuhalten.

Mili, Rosa, Alois und Sepp versuchten in den Wellenhügeln, ihren Anteil am Exporthandel in Schwung zu halten. Die Ware der *Wolfe*-Meedle verliess die Schweiz pünktlich und in einem Zustand, der keine Nachbesserung erforderte.

Mehr konnte die Familie nicht für Katri und Maria Antonia tun.

Hulda Zellweger erklärte es mir.

«Wir lernen Fädeln, trotz kuhnägelnden Füssen, trotz knurrendem Magen. Aber wir haben nie gelernt, wie man einen Betrieb mit halbem Personalbestand durch den gnadenlosen Konkurrenzkampf des Weltmarkts führt. Diese Fähigkeit besass bloss diese kleine Verrückte mit dem hellen Verstand, den strategischen Fähigkeiten und eisernen Nerven.

Die Familie machte sich Sorgen. Sie konnte sich an den Fingern abzählen, an wie vielen Tagen die Crazy-Woman ihre Schwierigkeiten leicht meisterte. An wie vielen Tagen sie daran beinah erstickte.»

Da taucht auch noch dieser Friedländer auf und raubt ihr den Schlaf.

Er schrieb Briefe.

«Wenn man die liest … o … man versinkt vor Scham.»

…war wehrlos Deinen Reizen ausgesetzt … solch vermaledeiten Hände dürften nicht erlaubt sein … Ich vermisse die Ginellen schlagende Zigeunerin … Dein Tanz und das Rapsen der Seidenstrümpfe an Deinen Oberschenkeln haben mich erregt …

«So etwas käme uns nie über die Lippen. Nicht in tausend Jahren. Zudem kam unsere Tante in das gewisse Alter, da Frauen unberechenbar werden. Der Gedanke an eine einsame Zukunft, lässt sie zurückweichen. Jede kleinste Aufmerksamkeit löst eine bebende Erwartung aus. Vehement rütteln sie am inneren Gitter, damit das Wildpferd hinausstieben kann. Sie schicken Hilferufe zum Himmel.

Warum hat die Nacht so viele Stunden?

Wo bist du? Nimm mich in den Arm. Halte mich!

Zeitschriften hielten die Disney-Fans im Broderiehaus auf dem Laufenden. Die Crew bewunderte den Mann mit dem Fadenschnauz. Die Angestellten teilten die Meinung von Miss Räss. Seine Wertschätzung ihrer Arbeit ermutigte sie. Seine Fantasie beflügelte sie. Seine Zuversicht riss sie mit.

Ab und zu überraschte Walt das Fairygirl mit einem unangekündigten Besuch. Er schätzte das nach Chanel 5 duftende Boudoir, denn dieses bot in der ruhelosen Stadt ein angenehmes Versteck. Er versank im Polstersessel, der viel zu niedrig für ihn war, sodass seine spitzen Knie ihm ins Kinn stiessen.

In dieser kleinen Höhle konnte Walt reden. Oder schweigen.

Sie hatten Gemeinsamkeiten. Auch er erlebte Enttäuschungen und musste Schwierigkeiten überwinden. Im Vergleich zu ihrem Betrieb, hingen von seinen Entscheidungen mehr als hundert Mitarbeiter ab. Aber wie das Fairygirl, durfte auch er niemals auf einer Kreation ausruhen, sondern musste fortwährend nach Ideen suchen.

Nach 90 Filmen war nun die viel begehrte, heiss geliebte Maus eine Problemfigur.

«Mickey Mouse ist so sehr zu einer Institution geworden, dass wir in dem, was wir mit ihr machen können, sehr begrenzt sind. Wenn wir Mickey jemandem einen Tritt geben lassen würden, bekämen wir eine Million Briefe von Müttern, die uns sagen, dass wir ihren Kindern falsche Ideen in den Kopf setzen. Mickey muss immer süss und lieb bleiben. Was kann man aber mit so einem Star schon anfangen?»

Walt musste einen Störenfried erfinden, der aus dem Schatten des Mäuserichs hinaustrat. Seine Zeichner fassten Donald Duck ins Auge. Zudem experimentierten die Disney-Studios mit Farben.

Maria Antonia konnte zuhören. Aber ihr Geist irrte durch Paris. Sie füllte das Boudoir mit Seufzern. Zuckte zusammen, wenn Walt sie ansprach.

Seit ihrer Rückkehr landeten Hunderte von bekritzelten Briefbögen verknäuelt im Papierkorb.

Geliebter! Mein Alles! Mein teuflischer Lustlehrer! … beim Gedanken an unsere Nacht im Ritz stockt mein Atem … solch vermaledeiten Hände dürften nicht erlaubt sein, darauf steht der Kirchenbann … ich will mich um Dich winden … Dich zur Raserei treiben … erbarmungslos … Dein Schweigen treibt mich in den Wahnsinn … Muss ich eifer-

süchtig sein? … Woche um Woche landet ein Schiff, doch wo bleibst Du? Muss ich mir Sorgen machen?

Diese Briefe wurden in Appenzell von fünfunddreissig Eingeladenen gelesen, um nicht zu sagen, eingesogen. In den Kopfkinos liefen Filme. Fortwährend wechselten die Spulen.

Niko schickte Seufzer zur Decke. «Gottogott! Wegen einer einzigen Nacht.»

Er verschränkte die Arme, unterdrückte das Augenwasser und wob mit dem Oberkörper wie ein gefangenes Tier. Er habe die Kleine nicht so unersättlich in Erinnerung. Ihr Umgang mit ihm war resolut. Sie biss wie eine Stute. Er wandte sich an ihre Familie:

«Welche Chance habe ich gehabt?»

«Was wissen denn wir, Niko!?»

Katri musste länger im Sanatorium bleiben als vom Arzt vorausgesagt. Zusätzlich zur Lungenkrankheit litt sie unter ihrem schlechten Gewissen, weil ihre Schwester die teure Kur bezahlte. Sie fand, die Kleine meine es mit ihr viel zu gut. Und bat um einige einfache Stickaufträge.

«Erhole dich! Im Geschäft geht alles seinen Lauf.»

Von allein ging aber nichts seinen Lauf. Die Tante benötigte die Hilfe ihrer Familie. Sie bat, in den Wellenhügeln unter den *Wolfe*-Meedle nach tüchtigen Stickerinnen zu suchen. Zum schnellstmöglichen Einsatz in New York.

Sie dachte an ihr Gottenkind Hulda.

Ich frage mich, was aus der Siebzehnjährigen wird, wenn sie bei Rosa im Grüt bleibt.

Sie wartete die Antwort ihrer Familie nicht ab. Das Schiffsbillett rutschte nach zehn Tagen aus einem Briefumschlag. *Fürs Hulda! Abfahrt in 4 Tagen von Le Havre.*

«Crescenzia Broger und ich waren begeistert. Wir wollten schon immer ins Land der tellerwaschenden Millionäre.»

«Go West» galt auch für die jüngere Generation.

In Europa war wieder die Rede von Krieg. Die Exportstickerei ging zurück. Dollars galten als krisensichere Währung. Aber in Amerika gab es für junge Frauen eine Zukunft.

«Wir wussten, wir kommen dort zur Zeit des Indian Summers an. Meine Mutter Rosa war besorgt, weil ich lang bin und ungelenk. Sie sah mich mit dem Koffer über die eigenen Füsse stolpern und über Bord ins Meer stürzen. Sie bat Cenzi inständig, mich unter die Fittiche zu nehmen.»

Die beiden wurden am Hafen erwartet. Es war Huldas zweite Begegnung mit der Gotte. Weil diese aber nun zu ihren Angestellten zählte, verlangte sie, «Miss Räss» genannt zu werden.

Es kam wieder Leben ins Atelier. Die Frauen kochten abwechselnd auf dem Gasherd. Li brachte den Neuen die englische Sprache bei. Und diese zeigten ihr unbekannte Stiche. Die erneuerte Crew vollbrachte Wunder. Allerdings war die Patronne mässig im Rühmen.

Ihre Angestellten hatten jeden Tag eine Anzahl Kröten zu schlucken. In der Frühe schaute Miss Räss ins Atelier hinein und wurde vom Chor der Angestellten begrüsst. Sie erklärte den Tagesablauf. Und ihre Regeln galten.

Ihre Crew lernte rasch. Die Pläne von Miss Räss werden zum Gesetz. Ihre Anforderungen sind hoch. Sie hat Launen. Hasst Sätze in Möglichkeitsform. Erträgt keine Rätsel und keine Unentschlossenheit. Rennt auf und ab vor Ungeduld. Jede Arbeit muss so rasch als möglich erledigt werden.

Ihre Perlenkette und Ringe legt sie traumverloren irgendwo ab. Und kann sie nicht mehr finden. Es gibt zermürbende Suchaktionen. Sämtliche Schubladen, Knopfschachteln und Abfallbehälter werden durchwühlt. Hulda muss für Miss Räss Schachteln vom Kasten herunterholen, weil sie alle Frauen an Grösse überragt. Schimpfend tastet Miss Räss sich durch feinstes Leinen aus Frankreich und Irland auf der Suche nach einem kleinen harten Gegenstand. Endlich findet sie das Schmuckstück in der Schublade des eigenen Schreibtischs.

Cenzi gefiel der American Way of life und fährt schon in der ersten Woche mit dem Lift aufs höchste Gebäude, lässt ihr Ticket in die Tiefe flattern und kehrt ins Atelier zurück, um für immer zu bleiben.

Hulda packt Heimweh.

Im Central Park rauschten die Bäume und erinnerten an die Wellenhügel. Der Sommer war heiss, die Hände feucht vom Schweiss, die Stahlnadeln rosteten, wenn man sie nicht vor jedem Stich säuberte. Zum Glück kam ab und zu noch die hochschwangere Beth, um beim Sticken zu helfen. Sooft die jungen Frauen Zeit fanden, besuchten sie eine Filmvorführung. Besonders Greta Garbo und Marlene Dietrich haben sie beeindruckt. Diese Damen sticken nicht. Stehen auch nie in der Küche. Sie wollen einen Mann. Oder mehrere Männer. Aber sie wollen niemals acht Kinder gebären.

«Wenn ich ans Wispern des Nussbaums dachte, stiegen mir die Tränen in die Augen», versicherte mir Hulda.

Die Erinnerung an die Stobete machte sie krank. Sie wollte so rasch als möglich nach Hause. Die Arbeit in einer Fabrik konnte nicht schlechter sein als bei ihrer Gotte.

Mutter Rosa besprach mit der Verwandtschaft die Briefe ihrer Tochter, die mit viel Enthusiasmus ausgewandert war und jetzt vor Heimweh verging. Ihre Klage kam Niko Manser zu Ohren. Er tauchte im Heemet auf und besprach sich mit Rosa. Schliesslich besass er von ihrer siebzehnjährigen Tochter ein Mouchoir. Er schwenkte das Liebespfand durch die Luft.

«Ich werde das Huldi aus den Fängen ihrer Gotte befreien.»

KEINE ANTWORT UNTER DIESEM ANSCHLUSS

Deutschland feierte die Machtübernahme der Nationalsozialisten. Coco berichtete von Freunden, die sich von ihren Aktienpaketen trennen mussten. Darunter auch die Rosenfelds, deren Produktion an Wegwerftaschentüchern 150 Millionen Stück ausmachte. Die Zellstofffetzen wurden nicht vom Markt genommen, nur die Aktionäre und Nutzniesser wechselten.

Für Maria Antonia Räss zählte dies zu den unangenehmen Informationen aus Europa. Am meisten beschäftigte sie aber wohl die kurze Notiz:

Deutschland arisiert aufstrebende Betriebe und lukrative Wirtschaftszweige. Es benötigt Metall.

Die Firma Karl Friedländer verarbeitete Metall.

Endlich bekam sie Post aus Paris. Ihre Aufregung muss unbeschreiblich gewesen sein.

Geliebte, Du willst wissen, was ich tue? Glaube mir, es ist besser für Dich, wenn Du meine Tätigkeit nicht kennst. Wie beneide ich Dich ums Einräumen der neu eingetroffenen Kollektion in die Glasgestelle Deines Showrooms. Ich beneide Dich, dass Du glauben kannst, Schönheit habe einen Sinn. Dass alles weitergeht. Und dass uns beiden eine prachtvolle Zukunft bevorsteht.

Er setzte ein Nachwort dazu, als Antwort auf einen Brief, mit dem sie sich über eine ausbleibende Lieferung beklagt hatte.

Ich bedaure, mein Herz, dass Du wegen dem Japanisch-Chinesischen Krieg so grosse Schwierigkeiten mit Deiner Stickereifabrik in Hongkong hast und die Ware nicht liefern kannst. Jetzt, da Deine Saison begonnen hat. Sobald dieses Problem gelöst ist, solltest Du die Ware auf keinen Fall unter japanischer oder chinesischer Flagge verschicken. Auch wir hatten sehr grosse Schwierigkeiten mit Metall, das aus Japan auf japanischem Dampfer reiste.

Dieser Krieg ist unmöglich.

Nur die Kanonenfabrikanten finden ihr Glück. Danke für die Zeit, die ich Dich kennen darf.

Telefonisch war Charles nicht zu erreichen. Keine Antwort unter dieser Nummer. Anschluss aufgelöst. In der Metallfirma Karl Friedländer antwortet auch niemand.

Er hatte versprochen, nach New York zu kommen. Schiffe kreuzten den Atlantik. Ohne ihn. Er war wie vom Erdboden verschwunden.

Doch jedes ablegende Postschiff beförderte einen Brief von Maria Antonia Räss zum Zielhafen in Europa. Von dort nach Paris. Da wurde er abgestempelt «Adressat unbekannt» und rückspediert. Nach einigen Wochen kehrte jeder dieser Briefe zur Absende-Adresse zurück. Maria Antonia legte ihn ungeöffnet in ihr Nähkästchen, in der Hoffnung, sie könne irgendwann alle Briefe dem verehrten Herrn Friedländer persönlich übergeben.

Lieber Charles, ich habe hundertmal geschrieben. Hundertmal sind meine Worte an einer Felswand abgeprallt und als Echo zurückgekehrt. Tausendmal bin ich dabei gestorben!

Die Tante muss die Briefe sehr oft aus dem Nähkästchen genommen und an die Brust gedrückt haben, denn das Papier war faltig und abgegriffen. Von einigen Briefen fanden die Erben nur noch Fetzen. Sie mussten die Worte ergänzen, um dem Puzzle einen Sinn zu geben. Dieser Nachmittag im Rathaussaal machte alle zu Dichtern.

Katri sei auf dem Land wieder etwas zu Kraft gekommen. Genug, um nach acht Wochen die Schiffsreise nach Europa anzutreten.

«Die Unsern wollen nach Hause, wenn es schlecht um sie steht.»

Aber als ihre Schwester ihr einige hübsche Kleider in den Koffer packen wollte, wehrte sich Katri mit fuchtelnden Händen. Sie fand, Haut Couture sei zu schade fürs Grüt. Einige Dollarscheine für den Arzt durfte die Schwester ihr aufdrängen. Aber nur unter der Bedingung, dass es sich um ein Darlehen handelt.

Stundenlang sei Miss Räss danach durch den Central Park marschiert. Gequält von Gewissensbissen. Ihre grosse Schwester war immer für sie da. Hat im Hintergrund gewacht. Ein Aufschrei. Schon stand Katri neben ihr. Die Tür des Aborts hat sie mit zwei Schlüsselumdrehungen verriegelt. Auf der besonnten Ladentreppe kuschelte sie sich neben Maria Antonia zusammen, sodass die Leute glaubten, Katri wäre die Schutzsuchende. Und staunten, wie gross diese war, wenn sie sich erhob. Wenn die Jüngere ihr einen eleganten Hut aufsetzte, umschloss Katri diesen mit beiden Händen, damit die Frauen im Atelier das vornehme Stück nicht auf ihrem Kopf sahen. Sie fühlte sich nicht für schöne Dinge geschaffen.

Die in New York entstandenen, eigenen Mouchoirs zeichnete sie mit dem Label MRA. Nannte ihre Schwester vor den Kunden «Miss Räss». Und verstand es nie, einen Vorteil für sich zu erkämpfen. Aber sie legte sich mit dem mächtigen Baptist Manser an, damit die Kleine, statt in den Webkeller, zur Schule gehen durfte.

Katri ist für Maria Antonia durchs Feuer gegangen. War aber auch eifersüchtig, denn sie war in diesen Herrn Friedländer aus Paris verliebt. Sie stickte ihn heimlich in all ihre Träume. Sie litt, als keine Briefe mehr von ihm eintrafen.

Ihrer Schwester gegenüber erwähnte sie diesen Mann ein letztes Mal, um ihr zu erklären, warum er nicht schreibt. Er ist zu traurig zum Schreiben. Während er als Gefangener eines kriegslustigen Machthabers tausend Ungewissheiten erduldet, muss er befürchten, dass in New York andere Männer in den Kirschaugen seiner Liebsten ertrinken.

Danach biss Katri sich auf die Lippen. Das Seufzen ihrer Schwester trieb ihr die feinste aller Stahlnadeln durchs Herz.

Diese Liebe hat Katris Herz gebrochen. Maria Antonia war blind. Aber die Familie jenseits des Ozeans sah das Unglück kommen. Katri hatte nie eine Chance. Die Jüngere entwarf das Leben der Älteren. Diese hat es dann gestickt und mit dem Label MRA als Fremdschöpfung gekennzeichnet. Nun wollte sie sterben.

Alle standen am Pier. Maria Antonia legte Katri beim Abschied einen wärmenden Fuchspelz um den Hals. Hulda und Cenzi gaben ihr für die Verwandtschaft Geschenke mit. Li und Beth weinten. Hoch über dem Quai, da war Katri ein dünner Strich an Bord des Schiffs. Sie hielt sich an den Pfoten von ihrem Schulterfuchs.

Und verschwand.

Es sei nicht so, dass die Familie sich nie Sorgen um Die reiche Tante in Amerika machte. Da Katri fehlte, war niemand mehr vierundzwanzig Stunden am Tag für die Crazy-Woman da. Diese wusste nicht, wen sie umarmen, drangsalieren, warten lassen und mit Vorwürfen überschütten konnte.

Wer hörte zu? Wer hielt ihre Hand?

Etwa Leonardo da Disney?

Oder der Jude Charles, der in den Fängen des Deutschen Reichs verschwand?

«Wir haben in der Kirche von Eggerstanden eine Kerze angezündet und sind vor dem Altar niedergekniet.»

Niko Manser wagte sich ein zweites Mal übers grosse Wasser.

Ich habe den Lackaffen kaum wiedererkannt, steht in einem Brief an die Familie. Die Saison hatte gerade begonnen. Im Broderiehaus wurden die gut gefüllten Auftragsbücher abgearbeitet. Die Frauen im Atelier stichelten, bügelten und falteten auch am Sonntag, um rechtzeitig fertig zu werden. Der beissende Geruch nach Appretur, Dampf und Schweiss erfüllte das Atelier. Unter Lis Kohlebügeleisen zischte das feuchte Tuch.

Und plötzlich schlenderte Niko Manser Hüfte windend mit scharf gebügelten, weiten Hosen durch den Showroom. Die weiss-schwarzen Schuhe rollte er am Teppichflor ab, als wären seine Beine aus Gummi. Eine Nelke prangte im Knopfloch des Streifenanzugs mit dicken Achselpolstern.

Als Maria Antonia aus dem Versteck des Boudoirs trat und die Brauen hob, verschränkte er die Arme.

«Hol das Huldi!»

Da sie nicht sofort reagierte, schrie er nach Huldi. Verängstigt kam die junge Frau aus dem Atelier. Sie war nicht besonders überrascht. Ihr Arbeitsplatz war schon abgeräumt, von Fusseln gereinigt und das Nähkörbchen geschlossen. Sie vertauschte die Pantoffeln mit Riemchenschuhen, setzte eine Sonnenbrille auf und schnappte im Flug ihr Nähkörbchen. Er umschloss ihre Madonnenfinger und zog mit erhobenem Kopf an Miss Räss vorbei.

Rosa, Du bist ihre Mutter und meine Schwester. Warum hast Du mir diese Liaison verschwiegen? Und warum ausgerechnet Mansers Niko? Ein alter Esel im zweiten Frühling?

Im Atelier mussten die Frauen sich setzen. Crescenzia war fassungslos. Sie konnte nicht glauben, dass ein bestandener Landsgemeinde-Redner von Appenzell nach Übersee dampft, nur um die minderjährige Hulda heimzuholen.

Nach ihrem Wegzug liess die Patronne ihre Laune an den Angestellten aus. Alle waren gereizt. Da geschickte Hände fehlten, kostete es Mühe, dem üblichen saisonalen Druck standzuhalten. Auslieferungen harzten, Reklamationen trafen ein. Es ging auf Weihnachten zu.

Schmuckstücke fehlten. Wie üblich. Doch sie fehlten auch nach der Suchaktion. Seit der Abreise von Hulda hatten die Angestellten weder die Perlenschnur noch die goldene Armbanduhr oder die Ringe von Miss Räss gesehen.

Kinoabende mit Zeichentrickfilmen lenkten die ermüdete Crew von der Mehrarbeit und dem Ärger ab. Disneys Figuren rasselten und schlitterten, quiekten und krähten jetzt in Farbe. Das Studio hatte inzwischen eine eigene Farbpalette kreiert und wendete eine neue Technik an. Die Zuschauer schwelgten in einer überzeugenden Filmillusion. Seinen Fans vom Broderiehaus bescherte Walt damit Sternstunden. Seine Figuren hafteten im Gedächtnis. Cenzi stickte die Maus. Kaum im Schaufenster, war das Tüchlein schon verkauft. Im Atelier wurde eine Serie mit der Maus erschaffen. Sie tanzte, spielte Gitarre, pilotierte ein Propellerflugzeug, steuerte ein Auto oder übte eine in Mode gekommene Tätigkeit aus. MRA-Broderie wertete die Disney-Trickfiguren aus. Mit dieser Geschäftsidee stand sie aber nicht alleine da. Der ganze Kontinent wurde davon ergriffen. Es gab Konfitüre, Korsetts, Uhren und Diamantarmbänder mit der Mickey-Maus.

Mit seinen Filmeinfällen drängte der Freund des Broderiehauses die Sorge um Charles, die schlechten Nachrichten von Katris Gesundheit und die Ernüchterung über Hulda in den Hintergrund.

Katri im Sterben.

Die Depesche vom Grüt traf an einem späten Nachmittag ein. Es schneite, und die Strasse vor dem Geschäft wurde gepflügt. Trotz unübersteigbarer Schneehaufen musste Maria Antonia zum Schalter für Schiffspassagen, um die nächste Europareise zu buchen. Kaum im Besitz der Fahrkarte für die «Ile de France», traf eine zweite Depesche ein.

Katri gestorben.

Das Broderiehaus schloss. Die Inhaberin verbrachte die Nacht im Boudoir. Cenzi machte sich Sorgen, als sie Tränen durch die aufgestützten Hände der Patronne quellen sah.

Der Brief für Charles lag auf dem Sekretär. Die Handschrift gestochen, wie immer. Das Geschriebene war ein exakt in die Bütte gemittelter Block.

Einziger

Wir werden uns früher sehen als geplant. Du findest mich im Ritz. Bitte melde Dich. Ich werde am nächsten Morgen weiterreisen. Meine Schwester ist gestorben. Ich will auf ihr Grab.

Habe ich bei Dir einen Wunsch frei?

Komm mit! Wir besuchen die katholische Kirche von Eggerstanden und vertiefen uns in ihre Stille. Du bist Jude, glaube ich. Lehre mich am Grab von Katri Deine Gebete. Ich weiss nicht genau, was Du in der Not erflehst. Gott, erbarme Dich? Du wirst es mir sagen. Ich werde lauschen. Ich werde Dich dafür lieben, dass Du es mir sagst. Und wir können zusammen überlegen, wie diese Macht beschaffen ist, die uns helfen kann.

Und ich habe einen Zusatzwunsch:

Ich will mit Dir einen Wintertag in den Wellenhügeln erleben. Zum Schellengeklingel auf einem Pferdeschlitten durch den Schnee gezogen werden. Warm in Decken gehüllt, die Hände in Deinen Händen, den Blick auf den pfirsichzarten Pferdehintern.

Vom französischen Hafen reist sie im Taxi nach Paris. Wieder ins Ritz.

Sie wird die ganze Nacht wach liegen und warten. Das Kissen feucht von Tränen um Katri und Charles. Sie fürchtet, auch ihn nie wiederzusehen. In der Frühe des Morgens schickt sie eine Depesche an die Adresse der Metallfabrik Friedländer. Schreibt, dass sie auf ihn warte. Sie besuche die Weltausstellung. Bleibe aber erreichbar am Empfang vom Ritz.

Ganz Paris ist in diesen Tagen auf den Beinen, um sich das Gemälde eines Unbekannten namens Picasso anzusehen. Es zeigt die Verwüstung von Guernica durchs deutsche Bombardement der Legion Condor. Niedergeschmetterte Menschen und Tiere im Todeskampf, wuchtig, stählern und kalt.

Am nächsten Tag deponiert sie am Empfang eine Botschaft für den Herrn mit dem grauen Hut.

Einziger,

Ich sah die sinnlose Zerstörung von Guernica. Jetzt reise ich ab.

Bricht Dein Herz? Seufzt Du wenigstens? Lässt Dich mein Schmerz gleichgültig? Kann es sein, dass Du halb von Sinnen in den Armen einer anderen versinkst? Ohne Gedanken an jene, die im Ritz auf Dich wartet?

In Appenzell bezieht sie das Hotel Hecht.

SCHAMLOSE BRIEFE

Hulda sei aus allen Wolken gefallen, als ihre Gotte nach so kurzer Zeit in Appenzell auftauchte.

«Ich war schwanger und glaubte, Niko werde mich heiraten. Aber unser Glück war nur ein Funkenflug. Ich faltete Zellstofftücher in Mansers Webkeller und bedauerte die Heimkehr. Ich wollte mich bei Maria Antonia entschuldigen, getraute mich aber nicht ins Nobelhotel hinein. Ich stand draussen und wartete.»

Plötzlich stand Herr Manser an meinem Kanzleitisch. Er hatte das Gespräch belauscht. Fasste nach Huldas Kinn und bog ihr Gesicht zu sich.

«Du hast mich bei Maria Antonia angeschwärzt, Huldi!»

Sie wollte sich losreissen. Doch er hielt sie fest.

«Ich habe dich vor dem Hotel zuerst nicht erkannt. Du hattest wasserstoffblondiertes Zwirbelhaar. In Altfrentsch nennt man diese Frisur Kalberlocken. Als meine Frau aus dem Hotel trat, bist du aus dem Schatten gewitscht und hast die offenen Handschalen vor ihre Augen gehoben. Darin lag ihr Schmuck. Du hast ihn zurückgegeben. Du hast mich als Anstifter zu diesem Diebstahl verraten.»

Am Kinn zog er ihr Gesicht näher. Er hatte Augenwasser.

«Heiligemariamuttergottes! War das nötig, Huldi? Hast du einen Moment an unsere Anna gedacht? Wie wir ihre Zukunft sichern?»

Inzwischen bildete die Sippe einen Kreis um die beiden. Der Anwalt zwängte sich durch die Umstehenden, berührte den Arm seines Mandanten, und dieser liess sich willig wegführen.

Warum war eigentlich Niko im Hotel Hecht?

Er war dort! Punkt. Und die Dame Räss liess den Landsgemeinde-Redner eine Stunde warten. Er marschierte in der Rezeption einmal in Richtung des Lifts, einmal in Richtung des Eingangs. Als sie schliesslich aus dem Lichtschein trat, zog er die Uhr an der Kette aus seiner Westentasche und runzelte die Stirn. Aber eine Königin der Nadel lässt sich nicht zurechtweisen. Also geleitete er sie am Ellbogen mit Komplimenten zum Sessel und machte Konversation. Sie unterbrach sein Gesülz mit einem Wink ihrer Lilienhand.

«Du stiehlst mir die Zeit. Was willst du? Rede!»

Blitzschnell schiebt er eine Akte unter ihre Nase! Die Geschäftstüchtige hat noch nie ein Vertragsstück ignoriert. Sie liest Artikel um Artikel, Seite um Seite. Strahlend wie eine Sonne, zieht Niko den Füller aus dem Gilet. Aber statt diesen zu ergreifen, klopft sie mit dem zyklameroten Fingernagel auf die punktierte Unterschriftenlinie. Und schaut. Wie schon als Winzling, mit Feuerpunkten im rabenschwarzen Blick. Sie schaut eine halbe Ewigkeit. Bis Niko im Sessel zu rutschen beginnt. Sie klatscht ihm das Vertragswerk auf den Kopf. Und rauscht fort.

Die Sippe wollte erfahren, worum es damals denn ging.

«Erklär uns diesen Handel, Niko!»

Es ging um Aktien und ihre Splittung. Um einen Verwaltungsratssitz in der Firma Manser. Um Wegwerftücher und eine Verdoppelung von Maria Antonias Vermögen. Kurz: Um Dinge, von denen Geissenbauern, Miniaturmaler, Kuhreigenpunzer und Scherenschnittschnipsler nichts verstehen. Wie man Geld macht, halt. Wie Leute mit «e chlii Gröz» es auf einen grünen Zweig bringen.

Man schlug sich an die Stirn. Das Wegwerftuch war der Untergang des Mouchoirs. Niko musste dies doch wissen. Die Königin der Nadel hat im Leben kein einziges Papiertuch benutzt. Sie wischte sich damit nie nur einen Vogeldreck von der Schulter. Und ausgerechnet ihr bot er eine Beteiligung am Taschentuchhandel an!?

Die Luft im Rathaussaal war stickig. Ich öffnete Fenster, um kurz durchzulüften. Die Mitglieder der Familie wanderten umher, plauderten in Gruppen und wechselten zu anderen Verwandten. Einige hatten es sich mit Briefen auf einem Stuhl gemütlich gemacht. Den Tisch mit den persönlichen Gegenständen liessen die Erben aber nie lang aus dem Blick. Sie überzeugten sich ab und zu, dass der ausgewählte Schmuck noch dort ist. Im Polster seiner Schatulle. Der Dom-Pérignon-Champagner von Moët noch ungeöffnet ist. Und dass dieses Kassabuch mit dem unbegreiflichen Saldo nicht auch noch wegschrumpft.

Das Beautycase war verschlossen. Niemand hatte in der Zwischenzeit sein Schlüsselchen gefunden. Laut Hulda Zellweger hakte die Verstorbene diesen immer an eine Halskette, weil sie alles verlegte. Sie liess das Beautycase nie aus den Augen. Es baumelte meistens an ihrem Arm. Aus gutem Grund.

Beim Besuch von Katris Grab besass Maria Antonia dieses Köfferchen noch nicht. Sie traf mit einem Armvoll Blumen auf dem Friedhof ein. Mili, Rosa, Sepp und Alois warteten schon.

Mutter Räss konnte nicht mehr ohne Hilfe gehen und hing an Milis Arm. Die Familie wanderte durch die Gräberreihen zu Katris Grab und erzählte der Auswanderin, dass ihre Schwester nicht leicht gestorben ist. Ihre Lunge arbeitete am Ende wie eine harzende Maschine, die rasselnd Wasser durch die Brust treibt.

Ob man der Toten das schöne Totenhemd aus Spitze angezogen habe, das sie einmal stickte, wollte Die reiche Tante wissen. Es war Frühherbst. Windstösse wirbelten erste Blätter über die Friedhofsmauer.

Auch aufs Grab des Lehrers hat Maria Antonia Blumen gelegt. Dort stiess sie auf Post-Babette, die inzwischen im Heim lebte und auf einem Grabstein kauerte. Perlen eines Rosenkranzes glitten durch ihre Finger. Ihr legte die Tante den dicksten Strauss vor die Gamaschen. Babette hat vor Rührung geweint und nach ihren Händen gefasst. Da hat auch Maria Antonia sich auf den Grabstein gekniet. Sie wollte auf Augenhöhe mit der Greisin reden.

«Die Zeit rafft uns weg, Babette! Wir können einander nicht genug Blumen schenken, nicht genug an den Händen halten.»

Mutter Räss hat ihre Tochter kopfschüttelnd betrachtet. Sie fand, dass ihre Kleine in Amerika die Frische und Unbeschwertheit verlor. Ein Zug von Verbitterung zeichne ihren Mund. Ihr geistere der Tod durch den Kopf.

«Ich bin älter geworden, Mutter. Und war wochenlang unterwegs.»

Kein Wort von Charles. Sie hat ihn der Familie gegenüber nie erwähnt.

Natürlich sei man begierig gewesen, etwas übers Leben jenseits der Schweizergrenzen zu vernehmen.

«Erzähl uns von Paris, New York und Hongkong!»

Sie berichtete vom Meer, von Ländern, unsichtbaren Grenzen und Moden. Auch die Weltausstellung hat sie erwähnt. Ein Herr Speer hat auf den Turm des Deutschen Pavillons einen riesigen, weithin sichtbaren Adler montiert. Ein Herr Picasso malte ein Gemälde vom Krieg. Der Betrachter stehe am Abgrund und schaue in die gemalte unerträgliche Grausamkeit. Man glaube, in den Strudel dieser Vernichtung gezogen zu werden.

Sie habe sich vom Bild abwenden müssen. Heimweh nach Vaters farbenfrohen Miniaturen hätte sie gepackt. Es war ihr plötzlich ein Bedürfnis, seine friedliche und geordnete Welt anzuschauen. Sie sei gern heimgekommen. Es tue ihr gut, einige Momente lang Teil einer grossen Familie zu sein.

Ihre Sippe hat die Königin der Nadel nie so traurig und besinnlich erlebt. Sie ist nach dem Friedhofsbesuch nach Paris gereist. Ins Ritz. Wenn sie irgendwo Hoffnung schöpfen konnte, dann dort.

Sie wartet wieder auf Charles.

Ihre Botschaft an ihn hat sie an die Firma Friedländer zu Händen von Monsieur Claude adressiert. Lange her, dass Charles sie mit einer weissen Blume am Ausschnitt zu sehen wünschte.

Liebster,

ich habe zwei Tage das Hotel nicht verlassen, aus Angst, Deinen Besuch zu verpassen. Mit einer weissen Rose am Revers habe ich mich in der Lobby aufgehalten. Auf allen Polstern bin ich gesessen. Alle Zeitungen habe ich überblättert. Doch könnte ich nicht sagen, welche Neuigkeiten sie von der Welt zu vermelden hatten. Denn offen gestanden, war ich kaum zum Lesen fähig. Ich fühlte mich zittrig und schwach, mein Puls raste. Als ich Blicke auf meinen Seidenstrümpfen spürte, bin ich aufgesprungen, um auf die Strasse zu treten. Es kamen ungewöhnlich viele Automobile an. Sie brachten Menschen zum Hotelportal. Du warst keiner davon.

Doch das Schreckliche war, dass ich unsicher wurde, denn ich hatte Dein Gesicht verloren. Ich habe in diesen Tagen unserer Trennung Deine Gesichtszüge so oft in mein Gedächtnis geholt, dass Dein Bild zu etwas wie einer abgegriffenen Fotografie geworden ist. Ach, Charles, Du kannst Dir mein Entsetzen nicht vorstellen. Mit meinen Seidenbeinen stand ich auf der Strasse, hatte die weisse Blume am Revers, duftete nach Chanel 5 und erwartete einen Herrn mit grauem Hut. Aber ich wusste nicht mehr, wie dieser Herr aussieht. Meine Bestürzung war unbeschreiblich. Wie hat sich denn die Haut um die Augen gefältelt? Mit welcher Bewegung haben sich die Lippen geöffnet? Wie sah das aus, wenn er redete? Glänzte die Höhlung der Ohrmuschel, in die ich in einem zauberhaften Moment meine Fingerspitze tauchte?

Alles war weg. Ich hatte die Landschaft Deines Gesichts vergessen. Des Gesichts, das mir unvergesslich erschien. Das mich in jeder Sekunde begleitete. Ich war am Boden zerstört und wollte sofort abreisen. So habe ich mich auf den schwindelnd hohen Echsenschuhen mit einem solchen Ruck von der Strasse abgewandt, dass ich taumelte und von einem wildfremden Menschen auf die Beine gestellt werden musste. Ich bin in die Lobby gerannt. Als ich an der Portiersloge den Directeur d'hôtel verlangte, sah ich einen Schimmer von Deinem Gesicht. Plötzlich setzten die Splitter sich zum Bild zusammen. Diesem übergrossen Bild.

Aber ich habe während meiner Abwesenheit die Geschäfte getätigt und die Besuche gemacht, deretwegen ich ja in die Schweiz gefahren bin. Und ich konnte bei Coco Chanel die wahrhaft zauberhaften Stücke abholen, die ich bei ihr bestellt habe und Dir, mein Charles, vor der Rückreise nach New York vorführen wollte.

Ich habe Coco Chanel diesmal im Hotel Ritz getroffen. Auf der Rückseite zur Rue Cambon hat sie eine reizende Zwei-Zimmer-Suite gemietet und gerade eben bezogen. Ich habe nicht erwartet, Mademoiselle bei so guter Laune anzutreffen, denn im letzten Jahr wurde ihr Pariser Betrieb von einem Teil ihrer viertausend Angestellten bestreikt. Sie konnte sich aber in ihrer Villa La Pausa an der Côte d'Azur von ihrem Rückschlag erholen. Nun war sie zurückgekehrt, um im Ritz ihr kleines Refugium einzurichten. Sie scheint entschlossen, ernsthafte Konsequenzen zu ziehen, falls sich der Vorfall wiederholt. Ich habe mir von ihren Mädchen Muster aus der Herbstkreation vorführen lassen und einige Stücke bestellt.

Wo bist Du? Die Zeit vergeht nicht, wenn man wartet. Ich möchte Dir entgegensinken.

Ich sterbe.

Die Crazy-Woman ist nicht gestorben.

Sie hat sich umgezogen, die Nägel lackieren lassen, und all die geschäftlichen Angelegenheiten erledigt, deretwegen sie nach Paris gekommen war. Keine Reise konnte so überstürzt geschehen, dass sie ohne Plan, Kundenadressen, fixierte Verabredung und Vorzeige-Kollektion losgezogen wäre. Sie verabredete sich mit einem Importeur von Taschentüchern im Moulin-Rouge. Seine Bestellungen schrumpften. Sie wollte erfahren, woran dies liegt. Sie musste feststellen, dass der Mann sein Sortiment beschränkte, weil er zum Verkauf von Zellstofftüchern übergegangen war und dies lukrativer fand. Er erwähnte am Rand, dass er die Boxen en gros auf Paletten von einem Appenzeller importiere. Maria Antonia zählte eins zu eins. Niko hatte die

Adresse dieses Kunden aus Hulda herausgepresst. Das Vorzeigen der neuen Kollektion von Mouchoirs erübrigte sich. Sie ermunterte den Kunden, die nackten Beine der Cancan-Tänzerinnen anzuschauen.

Er trank zu viel, lachte zu viel, schlug sich aufs Knie und meinte:

«Schönheit vergeht. Liebe vergisst man. Und dann: Was isst man?»

Sein Wiehern erschütterte die Sektgläser, den Samtvorhang und zwanzig in die Luft gehobene Lackstiefelchen.

Sie fand im Ritz einen Brief.

Du Inbegriff der Liebe

Es ist mir nicht möglich, Dir mehr als ein paar Zeilen durch Monsieur Claude übermitteln zu lassen. Ich habe mich in Tätigkeiten eingelassen, die meine ganze Zeit erfordern und ausserdem noch gefährlich werden können. Ich kann Dir nicht mehr darüber sagen, ohne auch Dich zu gefährden. Glaube mir nur eines, es kommen fürchterliche Zeiten über uns, zumindest hier in Europa.

Ich denke an unser erstes Treffen. 1937, lange her. Ich erinnere mich. Hatte den grauen Hut auf. Du diese neuen Seidenstrümpfe, die mich kurze Zeit später zum Küssen verführten.

Unerträglich, Dich in Paris zu wissen, ohne Dich zu sehen und berühren zu dürfen. Nur schon, wie Du schreibst, auf allen Polstern gesessen zu sein, ist mehr, als ich fassen kann. Verzeihe mir, Deine Zuneigung herausgefordert zu haben, vergiss alles! Auf Dich wartet ein Schiff. Ein Leben mit Broderie. Es ist die Welt, die die Deine ist. Und bewahre bitte kein bitteres Bild von mir.

Trotzdem immer Dein Charles

Nach dem Lesen des Schreckensbriefes schickt Antonia den Garçon mit einer Nachricht zu Karl Friedländer Metall, mit der Bitte, den Umschlag dem Buchhalter Monsieur Claude persönlich zu überreichen. Und auf gar keinen Fall einer anderen Person auszuhändigen.

Charles

ich kann nicht fassen, dass Du mich auf allen Polstern sitzen lässt, ohne mich von da zu erlösen. Sogar beschlossen hast, mich für immer in diesem Hotel der Stadt Paris sitzen zu lassen. Bebend vor Hoffnung, vergehend vor Sehnsucht, zerschmettert vor Enttäuschung. Nein, mein Charles, so leicht gebe ich nicht auf. Eine Schaustickerin, die mit sechzehn ihre Kunst in den europäischen Metropolen vorführt und mit siebenundzwanzig mutterseelenallein nach Amerika dampft, mit nichts im Gepäck als einer Sticknadel aus englischem Stahl, einem Ballen feinstes Leinen aus Frankreich und der Appenzeller Tracht, aber in der festen Absicht, sich dort ein einigermassen vernünftiges Leben zu sticken, die gibt nicht auf! Ich habe gehungert, bin in meiner Tracht mit dem Stickrahmen am Broadway vor den bestbesuchten Geschäften gesessen. Wurde weggewiesen. Doch am nächsten Tag bin ich stickend wieder dort gesessen, um mir wohlhabende Kundschaft zu angeln.

Was für ein Bild hast Du von mir? Denkst Du denn, es hätte in meinem bisherigen Leben an Gelegenheiten zu Intimitäten gefehlt? Ach, mein Charles. Ich habe mir immer alles selbst erschaffen. Darauf bin ich stolz. Ich habe wunderbare Freunde. Geschwister, die zu mir halten. Ein gut gehendes Geschäft. Einige treue und einige weniger treue Angestellte. Und ich habe noch zwei, drei Wünsche, die ich mir irgendwann erfüllen will. Mit Dir, Charles!

Erlöse mich vom Polster! Ich bitte darum.

Meine geliebte Königin,

erst einige Minuten sind vergangen, seitdem ich Deinen noch immer duftenden Brief bei Claude abholen konnte. Du weisst, dass ich verreisen musste. Glaube mir, dass ich litt, weil ich nicht zur abgemachten Zeit zurück sein konnte.

Am Tag meiner Abreise sah ich Dich überraschend am Boulevard mit einigen schönen Menschen scherzen und lachen. Einer ertrank in Deinen Kirschaugen. Ich stand, wie vom Himmel bestraft, hinter einer Säule. Und die Welt stellte für diese Zeit ihre Reise durchs Universum ein. Mühsam stemmte ich gerade noch rechtzeitig mein Gepäck auf den Wagen des Dienstmannes, die Fahrt führte mich zum Bahnhof. Doch die Eifersucht brannte tief in mir. Und hat mich verzweifeln lassen. Ich überlegte, welche Gefahr ich für Dich bin. In dieser Zeit.

Ach, Du meine Geliebte! Das Schicksal hat mir den traurigsten aller Briefe diktiert.

Nun will ich noch wenige Dinge erledigen, um endlich zu Dir zu eilen.

Charles, Geliebter

Du-bist-wieder-da? Für mich da!?

Diese Sätze spreche ich mit einem tiefen Aufatmen aus. Paris muss sich bei meinem Ein- und Ausatmen in die Luft heben und senken.

Du sahst mich am Bahnhof mit einem jungen Herrn? Dies kann nur Monsieur Delrieux gewesen sein. Ein guter Kunde, den ich zurückgewinnen wollte. Wie ich vermutete, hatte er seine Vorliebe fürs wahre und dauerhafte Mouchoir inzwischen aufs Wegwerftuch übertragen, das man in Amerika «Kleenex», in der Schweiz «Tempo» nennt. Im Ersten Weltkrieg hat man diesen Stoff als Verbandsmaterial benutzt. Jetzt hält Krethi und Plethi sich einen solchen Fetzen vor die Nase und trompetet hinein. Die Welt geht vor die Hunde, Charles.

Es war ein trauriger Abend. Vergebliche Mühe. Er erklärte mir den Erfolg seiner neuartigen «Pop-up»-Box, mit deren Hilfe bei Entnahme eines Tuchs schon das nächste Zellstoffläppchen halb herausgezogen werden kann. Sein grässliches Hitler-Schnäuzchen blubberte und bibberte in Höhe meiner Augen. Diesen Kunden habe ich verloren. Und dies ist nur der Anfang. Das gemeine Papiertaschentuch überschwemmt den Markt. Ich und die gesamte Appenzeller-Handstickerei gehen vor die Hunde, wenn wir nicht gegensteuern.

Kein Grund also zur Eifersucht. Doch ich gebe zu, dass Deine Aufwallung mich freut. Ich geniesse sie sogar. Lese den Satz immer wieder und kann kaum fassen, dass Du leidest, wenn ich mit einem anderen Manne rede und lache und meine Hand unter seinen Arm schiebe. Oh ja, Charles, es macht mir Angst, wie sehr ich es geniesse.

Doch Du bist der Mann, der mich ausfüllt. Meine Sehnsucht, meine Besorgnis, mein Kummer, mein Glück. Du bist alles …

Charles ist ins Ritz geeilt. Wider alle Vorsicht. Wider alle Bedenken.

Wäre es nach Maria Antonia Räss' Willen gegangen, so wäre sie mit ihm durchgebrannt.

Es lag aber nicht in ihrer Macht. Nichts lag in ihrer Macht.

Sie ist zwei Tage später in le Havre allein an Bord gegangen. Gefolgt von sieben weissen Koffern mit Gold-Initialen. Er wollte nachkommen. Ob sie es glauben konnte?

Charles' Fehlen auf der «Ile de France» hinderte die Sonne nicht am Wärmen, die Wellen nicht am Kräuseln und Antonia nicht am Tragen ihres Chanel-Kleids zum Käpt'ns Dinner.

Dieser Sommer verging. Die Wärme nahm ab. Die Tage verrieselten. Charles kam nicht nach.

Du hast mir die Sonne genommen. Du hast mir die Freude genommen. Die Lust, aufzustehen am Morgen und mich in den Himmel von New York zu werfen.

Ich versuche zu vergessen, Charles, dass Du Dich noch immer nicht eingeschifft hast. Dass es für Dich ein anderes Leben gibt. Ich schiebe diese Gedanken fort, um selbst ein Leben zu haben.

NB: Im nächsten Frühsommer kehre ich nach Paris zurück. Bis dahin hast Du Deine gefährlichen Verhandlungen vielleicht abgeschlossen. Herr Hitler wird mit seinem preisgekrönten Designer Speer eine wunderbare Sportanlage bauen. Und «Guernica» wird in einem Museum hängen. Bis dahin werden tausend andere Dinge die Welt beschäftigen. Wir aber beginnen ein neues Leben.

Briefe an Monsieur Claude kehrten manchmal mit einem, in winziger Schrift hingekritzelten *Gruss Claude* zurück. Weiter stand da nichts.

Dieser Brief aber kehrte ohne Gruss, und auch ohne Vermerk «Adressat unbekannt» zurück.

DIE ERFAHRUNG DER DEMOISELLES COCO UND RÄSS

Mili und Sepp kündeten ihren Wunsch an, die Schwester in New York zu besuchen. Sie wollten einmal anderes Brot essen, in einem Wolkenkratzer wohnen und versuchen, die Zungenbrechersprache nachzuahmen.

Am 1. September 1939 brach mit dem Überfall von Adolf Hitler auf Polen der Zweite Weltkrieg aus. Er vernichtete den Reiseplan der Geschwister. Schiffsfahrten über den Atlantik waren gefährlich. Auch MRA-Broderie musste den Besuch der Patronne in Paris absagen. Bei Coco Chanel gab es keine Modesaison. Die europäischen Frauen banden ein Tuch um den Kopf und schippten Schutt.

Europa schloss Grenzen. Soldaten tauchten in den Strassen, Verkehrsmitteln, Hauseingängen und Hotelanlagen auf. Fluggeschwader schossen über die Bahnhöfe, Züge, Militäranlagen und Gebirgspässe. Sepp Räss ölte den Lauf des Gewehrs und packte den Aff, wie er seinen haarigen Militärrucksack nannte.

Der Vertreter des Jüdischen Weltkrongresses unterrichtete die Schweiz vom Holocaust. In Deutschland und den besetzten Gebieten finde eine systematische Vernichtung von Juden statt. Diese Nachricht wurde von der Schweiz per Telegramm nach

London und Washington geleitet. Bei den Alliierten stiess die Nachricht auf Unglauben und Desinteresse.

Man sei konsterniert. Man frage sich, ob es eine real existierende Katastrophe oder Propaganda sei.

Mehr und mehr jüdische Geschäfte fielen dem Mob zum Opfer. Die Metallfirma in Paris verschwand aus den Adressbüchern.

Dafür tauchte in Amtsakten der Name «Karl Friedländer» auf.

Der Ozean war für Besuche hüben und drüben gesperrt.

Briefe wechselten sporadisch noch die Kontinente. Das Radio plärrte Nachrichten.

Auch in den Wellenhügeln vernahmen sie das Geschrei eines Führers. Hörten von Bombennächten und zerschmetterten, in ihrem Kellerloch elend erstickenden Menschen.

Man veröffentlichte das Bild von einem torpedierten Schiff. Es seien viele Hunderte, die nun nie am Zielort ankommen werden. Irgendwo schickte jemand einen Musikgruss in den Äther. Er fand übers Meer. Ab und zu kam ein Liebespaket an der richtigen Adresse an. In den Heemet konnten die Bewohner Nacht für Nacht das Brummen der Bomber hören, die mit ihrer tödlichen Ladung über die Schweiz wegflogen. Man betete für Leute, die diese Fracht in der nächsten halben Stunde zerreissen.

Im grossen Ganzen aber … die Sippe wusste erschreckend wenig. Eigentlich nichts.

Ob zum eigenen Schutz? Zur eigenen Schande? Die Tage wickelten sich ab. Die Brüder Alois und Sepp zogen die Kopfschraube der Taschenuhr nach, stopften die Tabakspfeife und rauchten das Lindauerli am Fenster mit einem Blick zum Himmel, als könnten sie einem Allwissenden Fragen stellen und Antworten bekommen.

Maria Antonia war in New York. Wartend. Und hoffend. Die grosse Liebe unserer Tante, dieser französische Charles, wo mochte er sein? Verwickelt in geheimnisvolle Geschäfte? Auf der Flucht? In Birkenau? Getrennte Menschen verloren einander. Jedes auf seinem Kontinent.

Während man Grüsse verschickte, Kuchen für Soldaten buk und den Tag, den Monat, das Jahr hinter sich brachte, vernichtete Hitler in aller Stille die grosse Liebe von Maria Antonia Räss.

Man schrieb das Jahr 1942. Deutschland ordnete die administrative Durchführung der «Endlösung der Judenfrage» an. Mitte Juni nehmen deutsche und französische Beamte in Paris über dreizehntausend jüdische Männer, Frauen und Kinder fest. Zwei Drittel werden in der Radsporthalle Vélodrome d'Hiver unter miserablen Bedingungen tagelang festgehalten, dann ins Vernichtungslager Auschwitz-Birkenau deportiert.

Ob Karl Friedrich, «Charles» genannt, unter diesen Menschen war?

Niemanden fragen können, immer im Ungewissen bleiben, das zermürbt.

Ende Juli des Jahres 1942 bringt der Laufbursche eines Blumengeschäfts einen riesigen Strauss weisse Rosen ins Broderiehaus. Er ist an Miss Maria Antonia Räss adressiert. Als Auftraggeber ist ein Monsieur Claude aus Paris vermerkt.

Pour l'amour de ma vie, Ch.F.

Ob ihre Gotte den Tatsachen ins Auge sah?

Hulda Zellweger konnte meine Frage nicht mit Sicherheit beantworten. Die Crazy-Woman zeigte Stärke. Aber war diese echt? Sie versank nicht im Kummer. Wollte keine Trauer zulassen. Sorgte für Zweifel an seinem Tod. Erklärte der Crew, es sei dem Herrn Friedländer gelungen, sich von der Gestapo abzusetzen.

«Er lässt Blumen schicken.»

Die Wahrheit hätte sie in den Abgrund stürzen lassen. Sie umwickelte die Briefe mit einem Seidenband und band eine schöne Schlaufe. Dieses Paket landete nach Jahrzehnten in unserem Rathaus auf dem Tisch der Preziosen. Ein Teil der Erbmasse von Maria Antonia Räss.

Am 6. August 1942 schliesst der Schweizer Bundesrat die Grenze für Ausländer, insbesondere für jüdische Deutsche, auch wenn für die Betroffenen ernsthafte Nachteile (Gefahren für Leib und Leben) erwachsen.

Am 13. August 1942 findet in New York die Premiere des Disney-Films Bambi statt. Die Lebensgeschichte aus dem Wald endet mit dem Flintenschuss des Jägers auf die Rehmutter. Das Kitz bleibt allein zurück. Dieser Abschluss bedeutete für viele Kinder ein solch traumatisches Erlebnis, dass der Film beim Publikum kein gutes Echo fand. Doch Walt mochte das Werk. Auch Maria Antonia beschäftigte der Film lang.

Sie fragte Coco Chanel.

«Welcher Sinn liegt darin, dem Mann des Lebens zu begegnen, wenn es uns nicht gelingt, die Tage mit ihm zu verweben?»

Die Chanel breitete seufzend ihre Arme aus.

«O, ma poupée! Nicht verzweifeln! Augen zu und durch! Dies ist eine Phase. Eine von mehreren Phasen im Leben einer Frau. Liebende glauben, die Trennung nicht zu überleben. Doch glauben Sie mir, wir lösen uns aus der Umarmung. Wir überleben.»

Mademoiselle wohnte noch immer in ihrer Zwei-Zimmer-Suite. Inzwischen bezeichnete sie das Hotel als «Ma maison». Es war unbeschädigt. Die deutschen Besatzer richteten da ihr Quartier ein.

Ob Maria Antonia Räss wusste, dass ihre Freundin Coco sich mit einem deutschen Diplomaten in eine Liebesbeziehung eingelassen hatte? Und dass dieser sie in waghalsige Spionage-Aktionen verstrickte? Ob anderseits Coco Chanel wusste, dass der von ihrer Freundin Maria Antonia erwähnte Mann des Lebens ein Jude war? Dass sie sich im «Ma maison» unsterblich in einen gewissen Karl Friedländer verliebt hatte?

Diese Etappe des Nobelhotels werden beide Frauen überdauern.

«Wir verstricken uns in waghalsige Aktionen. Und überdauern sie.»

Die Idee von den Lebensphasen muss Maria Antonia Räss längere Zeit beschäftigt haben. Sie schrieb darüber:

Wir sind angerührt. Sind verwirrt. Sinken vor Jammer in die Knie. Wir sind ernüchtert. Kein Gefühl ist von Dauer.

Sie besuchte viele Museen. Stolperte durch Ruinen untergegangener Kulturen.

Mili bekam einen ausführlichen Bericht, als Antwort auf Mutters Tod.

Dass es unsere Mutter nicht mehr gibt, zerreisst mein Herz. Was kann ich tun? Ausser vorwärtsschauen. Auf Schritt und Tritt begegne ich dem steinernen Zeugnis von Völkern, die Städte gründeten, verschiedenste Aufgaben meisterten und auf dem Höhepunkt der Macht verschwanden. Beinah spurlos. Auch unsere Mutter und Katri haben ihren Faden durchs Gewebe gezogen, bis die Stickerei aus ihren Händen fiel. Wird es Dir und Rosa und mir anders ergehen? In Eggerstanden gibt es nicht einmal einen Gottesacker. Plötzlich fällt es mir ein. Ich überlege, ob ich noch eine Extra-Summe für die Friedhofserweiterung schicke. Jetzt muss ich über mich selbst lachen. Wie der Mensch auf Ideen kommt!?

Auf dem Foto an ihre Familie standen Maria Antonias Wangenknochen nicht mehr vor. Es konnte ihr an nichts fehlen. Kleider, Schuhe, Dauerwelle, zyklamerosa Lippenstift. Es gibt ein Foto, in dem sie sich in ein Langhaarfell hüllt. Darauf erinnert sie ihre Familie an die biblische Königin von Saba.

In den Wellenhügeln ist das Leben karg. Einige Jahrzehnte später fragt sich die Familie, wie sie die Kriegsjahre ohne Exportstickerei überdauert hat. Irgendwie konnte sie sich über Wasser halten.

«Me hend zäbeled ond beebered ond nütz vöörig gha.»

Weil unsere Tante nicht ins Mansersche Wergwerftuch investieren wollte, musste Niko seinen Güterwagen auf ein anderes Geleise richten. Als Einzelunternehmer war er kaum in der Lage, den Handel mit Wegwerftüchern fortzuführen. Er konnte ihn nicht einmal kostendeckend abwickeln. Es gelang ihm immerhin, seine Eltern von der Zukunft des neuartigen Billigtaschentuchs zu überzeugen. Er erklärte ihnen, dass ein deutsches Unternehmen damit ein Gesamtverkaufsvolumen von über einer Milliarde erzielte. Der Krieg erschwere nun aber das Geschäft in Deutschland.

Baptist und Xaveria fanden, es sei eine brillante Idee, dieses Geschäft in Schweizerhände zu nehmen! Sie beschlossen, ihre Liegenschaft abzustossen. Und Aktien zu kaufen. Man plante, einen wohlfeilen Keller zu mieten, in dem das Huldi Wegwerftücher falten und abpacken kann. Dies zu den niedrigsten Produktionskosten.

Mansers wollten wieder Ferien im Hotel Weissbad machen, obwohl der bauliche Zustand des Gebäudes veraltet sei, und leider auch Graf Ferdinand von Zeppelin, der das Luftschiff erfand, nicht mehr dort residiere. Dafür gab es im Sommer Alpinisten. Im Winter schnallten sich einige Verrückte Bretter unter die Füsse und rutschten mit gespreizten Beinen im Zickzack vom Alpstein herunter. Abends tanzten sie mit Nagelschuhen zur Schallplattenmusik.

Hulda schrieb an ihre Gotte.

Liebe Miss Räss,

Du hast mich zu Dir nach Amerika gerufen, damit ich eine Zukunft habe. Aber wie habe ich es Dir gedankt!

Beim letzten Besuch hast Du mich in einem traurigen Zustand angetroffen. In der Zwischenzeit ist viel passiert. Ich nenne mein Kind «Anna». Niko meint, unser Töchterchen wäre im Heim besser aufgehoben. Ich könne nicht arbeiten mit einem Kind. Die frommen Schwestern würden es gut erziehen. Ich bin anderer Meinung. Gebe aber zu, dass meine Kleine nicht im schimmelnden Loch eines Webkellers aufwachsen soll. Dies ist kein Platz zum Atmen, Wickeln und Krabbeln. Jede Woche bringen Mansers Packen von Zellstoffpapier zum Falten. Die Boxen stapeln sich bis zur tropfenden Kellerdecke. Und es wird spät, bis ich mit der Kleinen zur Heemet meiner Eltern aufbrechen kann.

Von Heirat spricht Niko nie.

Als er die Kleine ins Heim brachte und mir zum Trost ein Glitzerkleid schenkte, dachte ich, es werde alles gut. Und ich hätte für ihn eine Bedeutung. Er führte mich aus. Wir tranken Champagner in einer Bar. Er wollte galant sein. Doch eigentlich schlug er nur auf meinen Hintern und holte meine Brüste aus dem Ausschnitt. Ich versank vor Scham, weil Männer zuschauten. Er fand das aber normal. Dass ich abweisend zu seinen Freunden sei, das wäre nicht normal. Er verlangte, dass ich mir mehr Mühe gebe, nett zu seinen Freunden zu sein.

Ich weiss, im Leben sind schöne Gefühle eine Extrazugabe. Man kommt ohne sie aus. Inzwischen kenne ich viele arme Luder, die aus dem Fang eines Ungeheuers in den Fang des nächsten geflüchtet sind. Und jedes Mal glaubten sie, es werde besser.

Die Tintenschrift war vertropft und unleserlich.

Mein Gott, wie ich mich schäme. Mein Weggehen. Dein Schmuck. Wie ich Dich enttäuscht habe. Ich bin nicht würdig, Dein Gottenkind zu sein. Aber wenn ich etwas Zuversicht habe, einen winzigen Funken nur, dann weil Du vor dem Hotel Hecht auf mich zugekommen bist. Und ohne viel zu fragen, Stickereien bestellt hast. Wegen des Kriegsausbruchs und all dem anderen konnte ich diese nicht liefern. Jetzt lege ich die Ware zu diesem Brief.

Entschuldige, Miss Räss, dass es so lang gedauert hat. Entschuldige, entschuldige. Deine Hulda.

PS. Fortsetzung:

Nach dem Schreiben dieses Briefs bin ich aus dem Kellerloch gestiegen. Nun verbringe ich auch den Tag in der Heemet meiner Eltern. Und sticke. Und träume davon, die Kleine aus dem Kinderheim zu holen. Ich würde so gerne glauben, dass ich Dir mit Anna an der Hand unter die Augen treten darf.

PS. Fortsetzung:

Liebe Miss Räss, inzwischen habe ich 22 Tulpen an den unterschiedlichsten Stellen gepflanzt. Ich überrasche damit mein Kind, denn im Frühling werden wir an vergessenen Orten zweiundzwanzig blühende Tulpen finden.

Wer weiss, was dann sein wird? Wie froh wir zwei dann über eine solch blumige Überraschung sind?

DIE BESTE ADRESSE VON NEW YORK

Endlich läutete die Glocke von Eggerstanden den Frieden ein.

Die Bewohner der Wellenhügel haben die Sense abgelegt und die Nähnadel durchs Brusttuch gestochen. Jubelnd sind sie einander um den Hals gefallen.

Es war nicht die Rede von einem offiziellen Friedensvertrag. Die Herren setzten sich in Potsdam an einen Schlosstisch, verhandelten, vierteilten. Und legten die fünf «D»s fest. Denazifizieren, Demilitarisieren, Demokratisieren, Demontieren und Dezentralisieren.

Das wars. Ein Rad setzte sich in Bewegung. Das Unglaubliche geschah. Grenzen öffneten. Züge verkehrten. Flugzeuge beförderten keine Bombenfracht, sondern Leute. Schiffe wurden für den Passagierverkehr umgerüstet. Der Luxus ihrer Ausstattung kannte keine Grenzen. Die Hotels hiessen Gäste willkommen. In den Heemet erwachten die Stickerinnen. Die Fergger sammelten Aufträge. Der Exporthandel blühte auf.

Eine Zigeunerin habe Hulda bewegende Änderungen aus den Handlinien gelesen. Mit dieser Prophezeiung traf sie ins Schwarze. Denn dank der Gotte lief nun ein Teil der amerikanischen

Bestellungen über ihr Heemet. Beth und Cenzi legten dem Bestellschein immer auch eine Kleinigkeit für die kleine Anna bei. Wegen der Zollkontrolle versteckten sie die Geldscheine zwischen Kohlepapier.

Ich bin froh, dass Cenzi und Beth und Li im New Yorker Atelier mich trotz allem in guter Erinnerung haben.

Maria Antonia war nun überall zu Hause. Auf Schiffen, Zügen, in Asien, auf Inseln und in den europäischen Haute-Couture-Salons. Zweimal im Jahr ging Die reiche Tante auf Reise.

Im Frühling führte ihr Weg über Mailand. Im Herbst über Paris. Von dort brachte sie der weltabgelegenen Verwandtschaft Seidentücher von ihrer Freundin Coco oder Slingpumps aus Mailand mit. Für den Fall, dass ein Familienmitglied einmal den Schotterweg mit einem städtischen Boulevard vertauschen will.

Mit jeder Überfahrt stieg ihr Anspruch an den Reisekomfort. Schliesslich buchte sie nur noch Luxusklasse. Bei jedem Besuch der Schweiz wurde im Kirchenbuch eine Schenkung für die Renovation der Kirche von Eggerstanden eingetragen. Die erste ist auf den Tag des Grabbesuchs von Katri datiert. Weitere Donationen lauten auf Namen von Verstorbenen der Familie Räss. Auch die Bitte um einen Zuschuss für den Glockenturm ist im Kirchenbuch vermerkt. Und der Dank an die grosszügige Stifterin.

Man erzählt, dass Die reiche Tante den Geistlichen bei einem ihrer Überraschungsbesuche nicht vorgefunden hat. Sie beschuldigte ihn der Prasserei. Er habe ihre Donation, statt zur Renovation, für seine Ferien verwendet.

Sie tobte im allergröbsten Altfrentsch.

Ihr Rückweg führte immer über Paris.

Nach dem Krieg wirkte das Ritz weniger feudal. Im Entree waren die Sesselpolster abgewetzt und von Strassenpublikum besetzt, das in Kleenex-Tücher trompetete. Der Empfang, die Aufenthaltshalle und der Taxistand, alles und jedes war von trostloser Schäbigkeit.

Sie liess sich zur Adresse von Karl Friedländer chauffieren. Die Metallfirma gab es nicht mehr. Aber einen Monsieur Claude, ja, den habe es gegeben, berichteten die Nachbarn. Sie wussten aber nicht, auf welchem Friedhof er die letzte Ruhe fand.

Diese Auskunft muss Maria Antonia einen Schlag versetzt haben. Von da an hielt sie sich in Paris vorwiegend im Couture-Salon bei den Vorführmädchen auf.

Die erste Modenschau nach Kriegsende sei die denkwürdigste aller Modenschauen gewesen. Nach der langen Abstinenz zelebrierten die Mannequins die Mode der nächsten Saison als Weihe des Friedens. Mit der neuen Linie sollte auch ein neues Leben beginnen. Die Metropole zeigte Leichtigkeit und Schwung.

Im amerikanischen Heimathafen wurde die Reisende von ihrer Crew erwartet. Diese kümmerte sich um die sieben weissen Lederkoffer.

Maria Antonia kam mit den Bestellungen für ein friedliches Europa im Gepäck. Ihre Frauen waren begierig auf Nachrichten aus der Heimat. Wie war es in Europa? Hat Miss Räss die Verwandten von Cenzi getroffen? Haben diese ihr eine Nachricht aufgetragen?

Während die Angestellten die Reisende bedrängten, trat ein Unbekannter auf sie zu. Er musste lange gewartet haben, denn Regentropfen glitzerten auf seinem Hut. Der Fremde zog ein Mouchoir aus seiner Tasche. Schweigend überreichte er es der

Überraschten. Dann schlug er den Kragen hoch und verschwand im Gewimmel des Hafens.

Laut Cenzis Bericht habe Miss Räss beim Anblick dieses Tuchs ein Schwindel gepackt. Sie wurde kreidebleich und begann zu wanken. Die Frauen mussten sie unterhaken und ins Auto setzen.

«Mir ist flau.» Mehr hat sie nicht erklärt. Mit Handzeichen trieb sie den Taxifahrer zur Eile an.

Erst Monate später erwähnte sie nebenbei, sie habe einmal jemandem ein Mouchoir als Liebespfand gegeben. Dieses sei auf einem merkwürdigen Umweg zu ihr zurückgekehrt.

Die Familie wunderte sich, wie es diesem Charles gelang, das Pfand aus einem Internierungslager zu schmuggeln. Um es der Geliebten zukommen zu lassen, musste er es einem Menschen anvertrauen, der keine Ahnung vom symbolischen Wert des Mouchoirs hatte. Aber pflichteifrig genug war, dieses auftragsgemäss nach New York zu befördern, dort die Reisegewohnheit der Adressatin auszukundschaften und pünktlich bei Ankunft ihres Luxusdampfers im Regen des Hafens auf den Augenblick zu warten, in dem er sein Tuch aushändigen kann.

Im Geschäft fiel die Hektik von Miss Räss auf. Wie Schüsse hallten ihre Befehle durch den Showroom. Zwanzig Schubladen mussten umgeräumt werden. Die Knöpfe, Bänder, Stepp-Bettjacken aus Seide waren auf eine andere Weise zu sortieren, wickeln und falten. Sie hatte Launen. Plötzlich erschien sie in ihrem elegantesten Couture-Kleid, schnappte ihren Schmuck, warf sich ins Taxi und entfloh dem Motorengeratter und dem Getrampel vor dem Broderiehaus. Nicht einmal Cenzi erfuhr, ob sie den High Tea im Plaza Hotel einnehmen wollte oder im Waldorf Astoria einen Buyer erwartete.

Man musste sich um sie aber keine allzu grossen Sorgen machen.

Maria Antonia fand sich in dieser Weltstadt bestens zurecht. Im Gittersystem der Längs- und Querstrassen haben auch Menschen, die mit der einfachen Wegverschlingung einer ländlichen Gegend aufwachsen, keine Mühe, an den richtigen Punkt zu gelangen. Die Tante hat sich schon immer am Praktischen orientiert. Dazu gehört die Einteilung von Manhattan in drei Abschnitte: Downtown, Midtown und Uptown.

Sie hat es ihren Schweizer-Stickerinnen erklärt.

Downtown liegt südlich vom Union Square, und Midtown beginnt nördlich und reicht bis zur 59th Street. Uptown ist alles, was sich nördlich von der 59th Street befindet.

Sie hat in ihrem Atelier die Frauen zusammengerufen, eine Strassenkarte von New York aufgefaltet und die Spitze ihrer Sticknadel auf den Punkt gesetzt, der ihr als der geeignetste Platz für ein stilvolles Geschäft erschien.

Ihr Lieben zu Hause: Ich war gestern im Stadtteil Manhattan an der 5th Avenue, 608 Rockefeller-Center. Es ist die beste Adresse für ein Luxusgeschäft. Nördlich vom Central Park liegt Uptown. Südlich liegt Downtown. Es ist der Knotenpunkt der Welt, von dem die Strassen in alle Richtungen führen.

Punkt 17.30 Uhr setzte ich meine Unterschrift auf den Mietvertrag für einige Geschäftsräume im 4. Stock.

Das Gebäude war mit dreiundzwanzig Stockwerken geplant. Geschützt vom Vordach, konnten Taxis verkehren. Ein Doorman meldet die Besucher an. Diese warten in der Halle, bis sie abgeholt werden. Der Lift führt sie direkt in den Showroom.

Miss Räss reservierte im Neubau 40 Central Park Süd auch ein Apartment. Das Gebäude zählte mit seinen 73 Metern nicht zu den höchsten, bot aber doch eine grandiose Sicht über den Park zur Skyline.

Für eine Einzelperson war die Wohnung zu gross. Maria Antonia musste Charles in ihre Wahl miteinbezogen haben. Wie viel Raum er für seine merkwürdigen Geschäfte auch immer benötigen würde, es gab in diesem Apartment genügend Platz.

Im Feudalbau waren separate Eingänge fürs Personal vorgesehen. Hier reservierten Herrschaften mit klangvollen Namen vom Film, aus der Politik und Wirtschaft ihren Bedarf an Raum. Natürlich beschäftigten diese Chauffeur, Bodyguard und Butler. Miss Räss war sich bewusst, dass sie hin und wieder mit der Nachbarin Eleanor Roosevelt zusammentreffen würde.

Sie hielt fest: *Um Punkt 17.32 Uhr habe ich den Füllfederhalter aufs Löschblatt gelegt, um ein neues Kapitel zu beginnen.*

Das Broderiehaus von MRA gab es nun an der besten Adresse von New York. Zum Showroom gehörten mehrere Besprechungskabinen. Die Buyers wickelten das Geschäft im Schutz und in der Anonymität des schalldichten Raums ab. Das Atelier war unterteilt. Es gab eine Weissnäherei, Büglerei und Reparaturwerkstatt. Die Stickerinnen nutzten das Licht der Fensterfront. Im Büro fand der Buchhalter Platz. Und natürlich gab es auch ein Boudoir fürs Schreibpult von Miss Räss. Der Showroom war der eleganteste Raum. Er diente der Ausstellung von kostbaren Stickereien und seltener Volkskunst. Wäschestücke pendelten im gleissenden Licht. Bewunderer schöner Dinge promenierten durch diese Galerie von Luxus und Kunst.

«Maria Antonia hat den American Dream ohne Umweg verwirklicht. Am richtigen Strang gezogen. Und schwupp!»

Niko Manser stelle sich den Aufstieg ihrer Kleinen zu einfach vor, fand die Sippe.

«Wir haben nicht studiert. Wissen aber, dass es keinen Zauberspruch gibt, der ein Füllhorn öffnet. Unsere Tante hat Ellis Island mit nichts als einer Stahlnadel und einigen Metern Tuch betreten. Und mit dem wenigen hat sie auf dem fremden Kontinent einen Rahmen für unsere einheimische Tradition und Handwerkskunst geschaffen.»

Weil im neuen Apartment mehr Platz zur Verfügung stand, konnte die Crazy-Woman mit handgemachten Neuheiten den Kreis der Besucher erweitern. Sie bot ihr kunstvolles Sortiment in luxuriöser als auch in einfacher Ausführung an. Ihre Kundschaft konnte nach dem persönlichen Budget wählen.

«Das Geschenk für Leute, die schon alles besitzen»

«Das Pfand der Liebe»

«Die luxuriöse, kleine Kostbarkeit»

MRA verzeichnete am Central Park im ersten Jahr schon einen Rekordumsatz.

Und dies waren UNSERE Stickereien. UNSERE Designs. UNSERE Leute haben den Faden durchs feine Tuch gezogen, das Berühmtheiten wie Eleonor Roosevelt, Julie Andrews, Isaac Stern und Walt Disney bewunderten. Maria Antonia hat UNSER Kunsthandwerk in die Welt gebracht.

Natürlich sei die Sippe stolz. Einer wie Niko könne das vielleicht nicht nachvollziehen. Den Heemetbewohnern gesteht er keine grossartige Leistung zu. Nur lebenslang anhaftenden Geissengeruch.

«Doch unsere Maria Antonia, seine angebliche Frau, die konnte sich mit Fug und Recht in die Brust werfen.»

Hinter ihrem Erfolg steckte viel Arbeit. Nächte ohne Schlaf, einsame Entscheidungen und Herzrasen. Cenzi blieb die Luft weg ob dem Organisieren von Material, dem Aufspüren neuer Designer, Trends und Moden. Nicht zu reden vom Aushandeln kurzfristiger Kredite, Durcharbeiten vielsprachiger Vertragsakten, der Buchführung, dem Zahlungsverkehr, dem Formularkrieg für Schiffs-Konnossemente und dem Lavieren durch Zollschranken, Handelsembargos und ständig ändernde Reglemente.

Aber Maria Antonia übertrieb, wenn sie schrieb, MRA-Broderie sei kein Showroom, sondern ein Epizentrum. Grosse Worte verfangen nicht in Appenzell. Da zählen Fakten. In den 1950er-Jahren schwankte der Preis für ein Mouchoir zwischen vierzig und fünfhundert Dollar. Im Vergleich zum damaligen Frankenkurs war dies ein unverschämt hoher Wert. In den Wellenhügeln hat man noch mit Kupfermünzen und Eiergeld gerechnet.

«Wir haben uns diese gewaltige Summe vor Augen geführt … für eine alleinstehende Frau … die aus dem Nichts … zack … – in den Besitz der ersten Million kommt … Heiligesverdienen!»

Lieber Walter Elias Disney,

Du hast Dein Fairytale mit dem Zeichenstift erschaffen. Ich erschaffe dieses mit der Stahlspitze einer Sticknadel. Feiere mit mir!

Ach, ich bin schon lange nicht mehr so leicht dahingefedert wie heute, nach dem Abschluss des Kaufvertrags.

Sie schloss die Fabrik in Hongkong. Für zeitweilige Lieferschwierigkeiten erhielt sie einen Ausgleich. Nach Erledigung dieses Geschäfts atmete sie durch.

Sie hat sich ein Beautycase angeschafft. Das Beautycase auf dem Tisch des Rathauses in Appenzell. Dessen Schlüssel verloren ist.

Sie benötigte die Box nicht für Schminkutensilien. Sie transportierte darin Bargeld und die Pinzette für ihren Oberlippenbart. Maria Antonia erkannte den idealen Tresorbegleiter für die reisende Dame. Vollgestopft mit Dollarnoten, schaukelte die Box an ihrer Armbeuge an Bord eines Flugzeugs und anschliessend über eine schweizerische Flugpiste zum Terminal. Als erstes Ziel nahm die Besitzerin die Bahnhofstrasse Zürich ins Visier. Im Bankenpalast stellte sie die Box auf den Schaltertisch, drehte das Schlüsselchen und liess den Geldhaufen in die ausgebreiteten Arme des Beamten quellen.

Danach seien noch einige Millionen dazugekommen, meinte die Sippe. Die Crazy-Woman war hartnäckig, unbeirrbar und besessen.

Wo ist das Vermögen geblieben?

Niko Manser hat es nicht. Die Banken haben es nicht. Und die Sippe hat auch keinen Rappen gesehen.

Mansers Anwalt wippte auf den Absätzen vor und zurück.

«Niemand hofft inständiger als mein Mandant, dass noch irgendwo ein gut gefüllter Safe aufzufinden ist. Er hat sich als Verliebter dem Willen seiner Braut gebeugt. Vergeudete die besten Mannesjahre ohne Familie. Bot seiner geliebten Frau Aktien und einen Verwaltungsratssitz an. Was hätte er noch für sie tun können? Jetzt zählt er siebenundachzig Jahre. Hat eine Tochter in Ausbildung. Und ein Finanzinstitut sitzt ihm im Nacken.»

Die Sippe der Räss war von dieser Ansprache unbeeindruckt. Sie gestand aber ein, dass die Millionen der reichen Tante fehlen. Da sie verrückt genug war, die Scheine in ein Beautycase zu stopfen, konnte sie auch verrückt genug gewesen sein, ihren Reichtum in einem Loch zu horten.

Oder warf sie es Mickey Mouse zum Frass?

Sie hatte ja auch Lover. Was ist mit diesen smarten jungen Männern?

FAIRYDUST UND SPITZENHAUCH

Die Familie war nicht ins Rathaus gekommen, um Rätsel zu lösen. Man war müde und liess sich auf einen Stuhl fallen. Hatte ein halbes Tagwerk und einen langen Marsch hinter sich. Es war Zeit, aufzubrechen. Die Kinder warteten. Tiere verlangten ihr Futter. Bläss musste die Milchtansen fortbringen. Gerätschaften waren zu säubern.

Maria Antonia Räss ist tot. Sie kann keine Rede und Antwort stehen. Im Leben hatte sie kaum je Zeit, um mit der Verwandtschaft zu plaudern. Wenn sie kam, warb sie Stickerinnen an und bestellte Handarbeiten. Sie sei busy, sagte sie. Man holte die schönsten Tücher aus dem Schrank und brachte den Stapel ins Hotel Hecht.

«Wenn sie pfiff, liess man alles stehen und liegen. Niemand hat der Gnädigen je widersprochen.»

Aber das ist Familie!

Sie war zu busy, um den Fuss über die Schwelle der Heemet zu setzen. Liess den angeworbenen *Wolfe*-Meedele die Schiffskarten per Post zustellen. Diese mussten sehen, wie sie mit der Reise zurechtkamen. Sie meldeten sich im pompösen New Yorker Appartementhaus. Dort mussten sie eine geschlagene Stunde in einer Ecke auf Miss Räss warten. Waren müde von der langen Schiffsreise, fühlten sich fremd in der ungewohnten Umgebung, und die neue Sprache war für sie noch unverständlich. Sie konnten nicht begreifen, dass sie sich im Rockefeller Center bei einem Doorman ausweisen mussten, obwohl sie von der Patronne herbestellt waren. Dass diese sie im Entree sitzen liess. Am liebsten wären sie sofort übers grosse Wasser zurückgekehrt.

Doch Miss Räss hatte die Reise bezahlt und der Fahrkarte einige Dollarnoten beigelegt. Sie hatte auch an eine Unterkunft gedacht. Alles war geregelt. Sogar wie sie angesprochen werden wollte. Sie verlangte Pünktlichkeit, Sauberkeit und Benehmen.

«Seid immer freundlich zu den Buyers. Genauso freundlich zu deren Angestellten. Morgen ersetzen diese den Buyer.»

Von Miss Räss lernten sie, sich nicht zu beklagen, nicht aufzugeben und sich nicht entmutigen zu lassen. Sie verlangte Höchstleistung. Aber sie bezahlte gut.

Die Stickerinnen verrichteten leise plaudernd ihre Arbeit und genossen eine Freiheit, die sie zu Hause vermissten. Sie kehrten als begehrte Textilfachfrau in die Heimat zurück, konnten in dieser Branche eine verantwortungsvolle Arbeit übernehmen und waren unabhängig. Sie durften aber auch in New York bleiben wie Cenzi und Beth, die dort für ihr Alter und ein Grab auf dem Friedhof von Eggerstanden sparten.

Wenn irgendwo ein Film von Disney lief, reihten sich nun auch die Neuen ins Geschwader, das Miss Räss in den Stadtteil zum Kino folgte, in dem dieser Streifen lief. Sie lachten, sie weinten, sie beteten den Künstler von Gottes Gnaden an, weil er ihrer Meinung nach diese Welt zu einem besseren Lebensort macht.

Manche Filme sahen sie zweimal. Zu diesen gehörte jener vom sangeswütigen Wal Willy, der sich von ganzem Herzen wünschte, einmal in der Met aufzutreten, aber vom Direktor verkannt und harpuniert wurde. Es rührte die Crew zu Tränen, weil er erst als Engel im Himmel vor ausverkauftem Haus singen darf und gefeiert wird, so wie er es sich auf der Erde immer erträumte.

Die Stickerinnen wussten, dass auch Disney von einigen Akademien belächelt und disqualifiziert wird. Sie verbanden Walts Schicksal mit demjenigen vom Wal. Sahen darin wohl auch ihre eigene Geschichte. Im Grunde träumten auch sie davon, in Amerika für ihre Kunststickerei gefeiert, zumindest anerkannt zu werden. Doch die Crew von MRA setzte sich aus vielen Einzelnen zusammen. Alle verdarben sich fern von zu Hause die Augen mit der allerfeinsten Sticknadel, um jeden Monat einen Sparbatzen als Rücklage für ein anständiges Grab abzuliefern.

«Wir alle sind Wal Willy.»

Maria Antonia war zufrieden mit ihrer Wohnung am Central Park. Sie stand gern an der Fensterfront, um das Einnachten und Aufflammen der Stadtlichter zu erleben. Liess dazu den Plattenspieler laufen.

Das reine Glück!

«Aber das Schönste», vertraut sie Cenzi an, «das Allerschönste ist, dass die Sterne keine Spitzen und Litzen und Rüschen zum Betonen ihrer Schönheit brauchen. Sie leuchten aus sich heraus.»

Auch im neuen Geschäft verlegte sie den Schmuck. Auch die Neuen halfen suchen.

«Wie hat meine Frau, respektive eure Tante, ihre Nächte verbracht? Die Jahre und Jahrzehnte?»

Niko zupfte ein Wegwerftaschentuch aus der Zellophanhülle, um seine feuchten Augen zu betupfen. Was erwartete er? Ja, was erwartet einer, der die Herzensfrau mit der «Causa Wegwerftuch kontra Mouchoir» an den Rand des Ruins bringt? Und mit ihrer Nichte ein Kind zeugt?

Beide wickelten ihr Leben auf einem anderen Kontinent ab.

Während Cenzi, Beth, Li und die Neuen im Kino eine Liebe durchlebten, zehrte Miss Räss von der einstigen Verwirrung mit Charles. Vielleicht hat sie sich etwas mehr als Verwirrung gewünscht. Mehr als die Nacht mit einem Lover. Vielleicht wollte sie glauben, dass es lebenslange Liebe gibt. Wunsch und Einsicht sind aber zweierlei. Sie hat das gewusst. Ewig verschlungene Herzen gibt es nur in Walts Liliputland.

Cenzi vermittelte Nachrichten an die Familie. In den Wellenhügeln geschah kaum je etwas Aufregendes. Man hungerte nach Neuigkeiten, denn drüben war der Teufel los.

Trotzdem: Was wussten die Ihren von der Königin der Nadel?

Was wissen die Zurückbleibenden über die Fernen? Vom Gewicht ihrer Beziehung? Von der Gewalt ihres Kummers? Der Kraft ihrer Liebe? Ihrer Fähigkeit zum Verdrängen?

Sie ahnen weniges, aber wissen nichts.

Maria Antonia hat sich nie den Trott einer Ehe gewünscht. Verschiedentlich haben Angestellte sie in Begleitung eines sehr viel jüngeren Mannes gesehen. Er hat eine Orchidee an ihren Brustausschnitt geheftet und ihr galant den Arm gereicht.

Sie nannte keinen Namen. Ab und zu lag eine Quittung herum. Sie bezahlte ein Candle-Light-Dinner, Logenplätze, einen Herrenanzug. Ab und zu gönnte sie sich also einen smarten Jüngling für den Ausgang. Fürs Auge. Sie holte sich einen, den sie mit flatterndem Hintern unter der Dusche betrachten konnte. Aber in ihrem Leben haben diese Augenweiden keine Rolle gespielt.

Es gab leise Momente im Rathaus. Die Familie versank in Gedanken. Ich bemerkte die feuchten Augen von Frau Zellweger. Sie stand ihrer Gotte wohl nie näher als an diesem Tag der Erbteilung. Je länger sie über «Miss Räss» nachdachte, desto mehr vermisste sie die Verstorbene.

«Wie viele Nachtstunden hat meine Gotte in ihrem Apartment zur hell flirrenden Skyline gestarrt? Worauf wartete sie? Aufs Wunder, dass ihr Geliebter sich meldet?»

Lass mich nicht vergessen, wie Wildheit und Taumel sich anfühlen.

Man muss solche Dinge einer alternden Frau wieder und wieder erklären, damit sie es nicht vergisst. Charles hat es ihr in Paris zum ersten Mal erklärt. Sie wollte sterben in jener Nacht. Wenn das Wissen durchs Hirn zuckt, dass nun nie wieder etwas so Glückhaftes im Leben passiert, möchte man einen Knopf drücken. Aus!

«Nicht wahr, Fräulein Rita?»

«Ich weiss es nicht.»

«Wenn die Unsern im Grüt zu viel vom Leben verlangen und traurig werden, weil so manches fehlt, stellen sie sich unter den Nussbaum und lauschen dem Gewisper seiner Blätter. Der Baum kann ihnen die Trauer ausreden. Doch Maria Antonia? In New York? Im Apartment mit Blick über den Central Park?»

Gold. Und Ruhm. Und Trostlosigkeit. Und eine ausgestreckte Hand, die ins Leere sinkt.

Niko Manser trat erneut vor die Sippe.

«Da fällt mir ein, dass wir alle ein Faden im Dessin der Crazy-Woman sind. Sie hat uns in ihren letzten Entwurf verstickt. Der

Tod ist der Abschluss des Kunstwerks Leben. Warum sollte eine so talentierte Designerin den eigenen Tod nicht ins Ornament ihres allerletzten Tuchs miteinbeziehen?»

Er lachte heiser und gequält. Es klang wie der Aufprall des Gehörns eines Bocks. Nach einer kurzen Pause schilderte er der Familie das satanische Vergnügen, das Maria Antonia empfunden haben musste, als sie sich ausmalte, wie ihre Familie dereinst im besten Gewand mit Rucksäcken und Taschen über die Kehren der Wellenhügel stolpert. Und die Strammen jene überholen, die weniger gut zu Fuss sind.

«Du, ich habe sechzig Jahre gewartet. Dünne Milch, trocken Brot und Löcher in den Schuhen.»

«Geh nur, geh! Stürz dich in die beste aller Zeiten. Halt mir einen Platz frei! Und eine Preziose oder zwei!»

«Eure Kleine führte sich vor Augen, wie die vermeintlichen Millionäre in Appenzell über die Rathaustreppe hetzen.»

Manser liess das Gehörn des imaginären Geissbocks noch einmal krachend aufprallen, schnappte den Unterkiefer zu, setzte sich und faltete die Hände auf den Knien.

«Der Clown übertreibt», erklärte Hans Zellweger seiner Familie. Diese Besorgnis war überflüssig. Niemand begehrte auf. Es war den Räss nicht nach Streit zumute. Das Gift von der «netten kleinen Summe» begann zu wirken. Mit jedem Blick, den sie zum Preziosen-Tisch schickten, schmolz das Kassabuch, und die Karate verwandelten sich zu farbigem Glas. Das Vermögen der reichen Tante zerging wie Schnee an der Sonne.

Es litt Hans Zellweger nicht mehr auf seinem Stuhl. Er marschierte mit Berglerschritten zweimal ums Pult des Notars. Die Fäuste behielt er in den Taschen.

«Alles da!, sagen Sie, Herr Notar. Und vielleicht ist dies die Wahrheit. Aber wissen Sie, was das bedeutet? Die kleine Anna wird nie Lackstiefelchen unter einem Kanzleitisch kreuzen, wie das Fräulein Rita! Meine Söhne werden sich kein Mäppchen unter den Arm klemmen wie der Herr Anwalt! Uns ist kein unbeschwertes Leben gegönnt. Das Schicksal hat für uns nur Schotterwege, Schnitzstichel, Klöppelhäkchen und Geissengeläut vorgesehen.»

Er schaute sich mit rot geränderten Augen um.

Die finsteren Blicke der Sippe machten mir Angst. Ich sah mich einer enttäuschten Familie gegenüber. Sogar Hulda Zellweger rückte von meinem Kanzleitisch ab. Die Sippe bereute, der Einladung unseres Notariats Folge geleistet zu haben. Was kam heraus? Vierunddreissig Erben haben die Schuhsohlen auf dem langen Weg durch die Wellenhügel zum Hauptort durchlöchert. Wozu? Für eine Handvoll Klimpergeld. Eine Mahlzeit. Und eine Mansersche Clownerie.

Die Geladenen liessen den Kopf hängen.

War dies der Wunsch der Erblasserin? Sollten ihre Liebsten zuschauen müssen, wie die bunten Ballone im Himmel zerplatzen? Sie hat ihr Leben fern von ihrer Familie abgewickelt. Vielleicht den Bezug zu ihr und dem Tagwerk im Grüt verloren.

Maria Antonias Kinostar mit Fadenschnauz hat sie hin und wieder mit seinem Filmauto Daisy Duck ausgefahren. Eigentlich war es eine zusammengenietete Büchsenhälfte. Unter der abgerundeten Kühlerhaube brummte, klapperte und knurrte der Motor. Beim Anfahren machte das Gefährt einen Sprung. Mit kokett auf den Hut gedrücktem Mittelfinger sass Maria Antonia auf dem

Nebensitz, und bei jedem Hüpfer schrie sie vor Lachen. Mücken prasselten in die Augen. An den Kreuzungen wurde das Auto von Publikum umringt. Im feudalen Westchester's Gracious Supper Club verbrachten die zwei einige unbeschwerte Stunden.

Obwohl die Sucht nach Haute Couture und Verschwendung Miss Räss exzentrisch erscheinen liess, stand sie mit beiden Beinen auf dem Boden. Für Walt blieb sie die Schaustickerin von Lugano. Er zählte sie zum einfachen Volk. Sie inspirierte ihn. Sie war seine Tante Daisy mit Rüschenschürze. Sie wiederum bewunderte seine Fantasie, Besessenheit und sein planvolles Vorgehen.

Sie erklärt Cenzi, dass er ein Netz zwischen Wirklichkeit und Fantasie verankert und spontan Fäden in jede Richtung zieht. Er weiss immer, wann eine Drehung zu vollführen ist, und kennt das Ziel des nächsten Fadenlaufs. Kein Kreuzpunkt, kein Winkel, keine Linie überlässt er dem Zufall.

Diese Art zu arbeiten, war Maria Antonia seit ihrem fünften Lebensjahr vertraut. Sie brütete über einem weissen Stoff. Er über einem leeren Blatt Papier. Beide begannen dann beharrlich und verbissen, das Nichts mit einer Geschichte zu füllen.

Sie teilten aber nicht nur die heitere Fairywelt.

«Uns umkreisen Bestien, die ihr Knurren unterdrücken», erklärte Walt der kleinen Frau.

Der Krieg hatte seine Pläne zerschlagen, denn Europa hielt die Kinoeinnahmen zurück. Banken gewährten keinen Kredit. Die Produktionsfirma musste in eine Aktiengesellschaft umgewandelt werden. Der Wert sank ins Bodenlose. Nur Walt glaubt noch an die Zukunft seines Filmstudios. Und Miss Räss besitzt einen Packen Disney-Aktien.

Bewunderung schmiedete die beiden zusammen. Um kein

Geld hätte Maria Antonia ihre Aktien der Disney-Studios verkauft. Ihre Treffen fanden unregelmässig statt. Manchmal sahen sie sich häufig. Dann wieder sporadisch. Zwischen ihren Standorten lagen oft Hunderte von Kilometern.

Es gab nach dem Krieg nur wenige Betriebe, die nicht unter wirtschaftlichen Schwierigkeiten litten, keine Konkurrenz befürchten mussten und nie von politischen Schwankungen betroffen waren. Nicht nur Coco in Paris hatte unter dem Streik der Gewerkschafter zu leiden. Auch in den USA lähmte der Streik von Trickfilmzeichnern die Arbeit in den Disney-Studios. Einige Angestellte wünschten mehr künstlerische Freiheit, andere wollten ihr eigenes Studio eröffnen. Walt gab zu, enttäuscht zu sein, weil einige gute Zeichner ihn verliessen. Am meisten traf ihn der Verzicht aufs stille, grosse Comic-Genie Carl Barks.

Walt Disney wollte mit dem Zeichenstift das Zwergenland schaffen, in dem jeder Mensch ein König mit Monogramm im Einstecktuch ist. Aber leicht war es nicht.

«Wir pendeln übers Hochseil. In einer Sekunde tobt Applaus. In der nächsten sausen wir in die Tiefe, kleine Frau.»

Mag sein, dass Maria Antonia die erste Person gewesen ist, der Disney die Idee vom «Mickey Mouse Park» geschildert hat. Er sprach schon in den Dreissigerjahren von einem Refugium für Kinder und Erwachsene. Er plante auf lange Zeit. Und um diese Idee zu verwirklichen, benötigte er ein passendes Stück Land, eine ideale Erschliessung und die richtigen Leute.

Aber auch vom Trickfilm mit dem Titel «Des Führers Face» muss er ihr erzählt haben. Anlässlich eines Schweiz-Besuchs mokierte sie sich über Donald Duck, der in diesem Film die Hauptrolle spielte.

Beim Verlassen des Supper-Clubs stellte sich Maria Antonia auf die Zehenspitzen und richtete Walts Einstecktuch. Dann versetzte sie seiner Brust einen Handschlag. Das begabte Paar zwängte sich dann in die Nietbüchse und fuhr mit einem Hüpfer und einigen Schlenkern weg.

Eine Fotografie aus jener Zeit zeigt sie im Zweiplätzer. Das Vehikel ist vorn und hinten abgerundet und mit Weisswandpneus ausgerüstet. Die Karre könnte eine Eigenkreation von Ib Iwerks für einen Film gewesen sein. Schnörkellos, wie die Form war, hätte sie eine Hauptrolle spielen können.

Eine Fahrt mit Walt im Daisy Duck, steht auf der Rückseite des Bilds. Sonnenlicht überflutet den Lack. Und die Beule in Walts weichem Hut zeichnet einen scharfen Schatten im hellen Filz. Er kontrastiert das irisierende Ripsbands. Der offene Hemdkragen ist so faltenlos übers Sakko gebreitet, als hätte die Tante eben gerade forsch daran herumgezupft. Sein zum Steuer gereckter, linker Arm verdeckt das Mouchoir in der Obertasche. Die Tante trägt ein leichtes weisses Flatterkleid. Ihr lachendes Gesicht ist von ondulierten Haarwellen gerahmt.

Dieses Bild hat sie aufgehoben. Die Erinnerung daran muss ihr viel bedeutet haben.

Zum Zeitpunkt der Fahrt war ihr Freund bereits der Märchenonkel aller Kinder und mit mehreren Oscars ausgezeichnet.

Ihre Angestellten, die jeden einzelnen seiner Trickfilme kannten, seien bei Walts Besuch jeweils in helle Aufregung geraten. Wenn er sich verabschiedete, drängten sie sich vor dem Gebäude Nummer 40 mit dem Doorman, um Daisy Duck nachwinken zu können.

Ihr Schiff führe sie nach Guantánamo Bay, schrieb sie an Hulda. *Auf der Karibikinsel Kuba warten Geschäfte. Eine wunderschöne und heisse Insel. Unglaublicher Luxus in den Hotels. Und eine Bevölkerung, die trotz scheinbarer Armut fröhliche Musik macht.*

Wenn sie nicht gerade einen Kontinent gegen den andern tauschte, vernahm die Crew ihr Gezwitscher, weil sie einen Hammerauftrag hereingeholt hat. Oder ihr Gezeter, weil die Angestellten einen Hammerauftrag vermasselt haben.

Einmal sass Präsident Truman am Nebentisch. Da Herr und Frau Roosevelt eine Abneigung für Truman empfanden, wusste Miss Räss nicht, wie sie sich ihm gegenüber verhalten sollte. Mit Frau Eleonor wartete sie oft auf den Lift zu den Apartments, kam mit ihr während der Fahrt ins Gespräch und fand nun, sie müsse loyal sein, denn sie schulde Frau Eleonor Respekt. Anderseits war Truman ihr Präsident.

«Ich war in einer verdammt brenzligen Lage.»

Zum Reisen bevorzugte sie das Flugzeug. Schiffe waren ihr zu langsam. Taxifahrten empfand sie als lästig, da nicht immer sofort eines aufkreuzte, wenn sie das Taxi benötigte. Sie beschloss, selbst ein Auto zu kaufen. Und lernte fahren. Nach wenigen Stunden kam sie bereits in den Besitz von einem Fahrausweis. Ob sie die Prüfung bestanden hatte, blieb ihr Geheimnis. Cenzi glaubt nicht, dass die Patronne auf redliche Weise die Bescheinigung bekam.

«Sie muss den Experten geschmiert haben.»

Cenzi rufe alle Heiligen an, wenn sie mit Miss Räss durch den Lincoln-Tunnel donnert. Glücklicherweise hat sie ihren Strassenkreuzer nie selbst parkiert, sondern den Schlüssel dem Parking-Valet übergeben.

Als John F. Kennedy mit seiner Jacky die Filmleinwände eroberte, tauchte die Crazy-Woman in einem Cadillac de Ville im dörflichen Appenzell auf. Das Fahrzeug war cremeweiss, ihr Privatchauffeur rabenschwarz. Sie hatte das imperiale Fahrzeug samt Chauffeur verschiffen lassen. Auf dem Weg in die Schweiz besuchte sie Coco Chanel, damit diese dem Fahrer eine Uniform anpasse, die farblich auf ihr eigenes Kostüm abgestimmt sein musste.

«Wir hatten unsere Handarbeiten nicht mehr ins Hotel Hecht zu bringen. Sie war nun mobil. Ihren Besuch im Heemet brauchte sie nicht anzukünden. Ihr gewaltiges Fahrzeug verursachte schon einen spektakulären Wirbel, als sich dieses in Appenzell um die Hausecken zwängte. Wir sahen es von Weitem über den steinigen Weg von Kurve zu Kurve hinaufschaukeln.»

Der Sennenhund schoss als Erster aus seiner Hütte. Dann klingelten die Glocken der aufgeregten Geissenschar, danach ragelten Kinder aus allen Ecken. Als Letzte traten die Stickerinnen mit ihren Arbeiten auf den Hof.

Die Tante liess die Handarbeiten über den Kühler breiten. Während sie diese begutachtete, streichelte sie mit einer Hand den Bläss vom Kopf zum Schwanz. Sie entnahm dem Beautycase ein Büschel Geld und zählte die Scheine auf die Kühlerhaube. Nach dem Handel versank sie mit der Box voll Geld im Polster des Cadillacs. Nach einem wolkigen Handgruss schwebte das Rückfenster zu, und die Tante verschwand im Föhrenwald.

More than crazy.

Das Gespräch von Appenzell.

Dieser Besuch liess den Dorfbewohnern das Land, das von einem filmreif strahlenden Präsidentenpaar regiert wurde, unwirklich erscheinen. Unbegreiflicher noch als ein Mondspaziergang.

Nur im Heemet der Zellweger hat sich die Dame Räss länger aufgehalten. Sie stand zur Mittagszeit im Tulpenbeet und pfiff durch zwei Finger. Sie unterhielt sich über zwei Stunden mit Hulda. Schnitt Apfelstücke am Küchentisch, besichtigte den Garten, sah sich die Zeichnungen von Anna an, beobachtete sie beim Sticken, erzählte ihr vom Land jenseits des Ozeans und gab Ratschläge zur Schule für Stoffdesign.

«Sie war teilnahmsvoll. Bekümmert um die Zukunft meiner Tochter. Im Grunde war meine Gotte eine herzensgute Seele, Fräulein Rita.»

Hulda wischte eine Träne weg. Niko bemerkte es und kam sofort zu ihr, um ein Papiertaschentuch zu reichen. Seine Aufmerksamkeit hat mich erstaunt. Sogar der Notar reckte seinen Hals, weil Niko sich zur Mutter seiner Tochter setzte und nach Anna fragte. Er sehe sie bei Autofahrten über die Wellenhügel. Sie sei gross geworden. Er gab zu, dass er sich nicht viel um Anna kümmerte.

«Geschäfte, Huldi!»

«Du hast immer kurz angehalten, um Anna aufs Cabrio zu setzen und ein Foto zu machen. Warfst sie in die Luft und stelltest sie auf den Boden, um weiterzufahren.» Sie wurde älter und posierte auf wechselnden Cabrios. Auch die Begleiterinnen und deren Hüte wechselten. Einmal sei er mit einem wuselnden Vogelnest durch die Gegend gefahren. Einmal mit einer opulenten Fruchtschale. Jetzt zieren wohlhabende Witwen deinen Wagen.

VERKETTUNG VON DISNEYLAND UND WELLENHÜGEL

Am 17. Juli 1955 konnte Walt Disney in Anaheim, Kalifornien, die Tore des Disneyland Parks öffnen. An diesem Tag erreichte die Hitze 38 Grad. Statt hinzugehen, erwogen viele seiner Fans, die heissesten Stunden im kalten Wasser der Badewanne zu verbringen.

Miss Räss liess einen Fernseher im Atelier installieren, um wenigstens auf diese Weise beim wichtigsten Ereignis im Leben ihres Freunds dabei zu sein. Er trat persönlich vors Mikrofon und hiess die Besucher willkommen. Die Kamera zeigte ihn in Grossaufnahme.

«An alle, die an diesen glücklichen Ort kommen: Willkommen! Disneyland ist euer Land.»

Durch die Sendung führte ein Moderator mit dem Namen Ronald Reagan. Kopf an Kopf warteten die Besucher auf Einlass in die magische Welt. Sie war für eine Anzahl von 15 000 Besuchern geplant. Aber es stürmten doppelt so viele hinein. Walt gab Anweisung, die Tore zu schliessen. Doch ohne Erfolg. Leute stellten Leitern an, um die Mauer zu überklettern. Die Wartenden verursachten einen 11 Kilometer langen Stau auf dem Santa Ana Freeway. Es hiess, dass der Park noch nicht ganz vollendet sei. Geleise endeten in Wiesen, einige Bahnen waren noch nicht in Betrieb, es fehlten genügend Toiletten, und im frisch asphaltierten Weg sanken die Stiftabsätze ein.

Als Höhepunkt brach im Dornröschenschloss auch noch ein Feuer aus.

Zum Desaster im Fernsehen fächelte die Crew sich im Atelier Kühle zu. Man war entsetzt, enttäuscht und von der Hitze erschöpft.

Cenzi notiert in ihrem Brief:

Eine Verkettung tragischer Ereignisse. Dabei hätte dies der schönste Tag im Leben des Freunds von Miss Räss werden sollen.

Diese riss den Stecker aus der Dose. Streifte ihre Ringe über die Finger, schlang ihre Kette um den Hals und schloss das Geschäft. Alle Angestellten schlichen nach Hause.

Am nächsten Morgen öffnete Miss Räss pünktlich das Broderiehaus.

«Eine starke Frau», fand die Crew.

Ihre Angestellten kämpften mit Heimweh, Aufenthaltspapieren, wechselnden Boyfriends und extremen Wetterlagen. Im Atelier gab es Heulkrämpfe. Leises Geflenne. Tröstende Umarmungen. Aber ihre Patronne reckte nach jedem Schicksalsschlag den Kopf aus ihrer gestärkten Spitzenbluse, als könne nichts ihr etwas anhaben.

Maria Antonia löste die erbärmlichsten Knoten mit Lilienhänden und einem Lächeln.

In den Wellenhügeln bröselten die Geschichten von der Crazy-Woman von einem Jahrzehnt ins andere. Verloren hier einen Schlenker und setzten da zwei neue an.

Sie holte eine Katze ins Luxusapartment und gab ihr den Namen «Charly».

Im Atelier erfolgte der Tagesbefehl nun mit Charly im Arm. Während sie Rechnungen schrieb, räkelte sich der Kater auf einem Satinkissen. Sie musste bloss die Hand ausstrecken, um ihn zwischen den Ohren zu kraulen.

«Ist es nicht merkwürdig, Cenzi, dass ich das Hupen von Charles' Automobil ein einziges Mal gehört habe? War das in Paris? Ja, es war vor dem Ritz, wo ich auf ihn wartete. Es passiert, dass ich aufschrecke, weil ich seine Hupe höre. Ich renne zum Fenster. Auf der Strasse fahren hunderttausend Autos, doch keines ist dasjenige von Charles.»

«Ja, Miss Räss, das ist ungewöhnlich.»

Die Tante muss einsam gewesen sein. Leer. Verbittert vielleicht. Das Mouchoir, das ihr ein Unbekannter überreicht hatte, lag seit Jahren in Seidenpapier gewickelt im Holzkästchen.

Hat sie es jemals betrachtet?

«Wir glauben, dass sie sich vor der Wahrheit gefürchtet hat. Sie liess nicht zu, dass der Anblick des Mouchoirs ihren Erwartungen und Hoffnungen ein Ende setzt. Karl Friedländer, alias Charles, darf nicht tot sein.«

Sie gestattete es sich, in diesem Punkt ausserhalb vom Puls der Zeit zu leben. Sie fand, jeder Mensch habe doch das Recht, sich die eine oder andere Freiheit zu nehmen. Die Tante war sonst aber up to date. Rauschte in trendiger Designerrobe aus dem Apartment. Zitterte vor Wut, wenn ihr Fahrer das Ripsband an seiner Mütze farblich nicht auf die Paspeln ihres Mantels abgestimmt hatte. Und jettete um die Welt.

Aber sie hielt in einem Winkel die Idee lebendig, dass sie irgendwann … ganz plötzlich … vollkommen überraschend … ihrer Liebe in die Arme stolpert.

Endlich, mein Herzschlag Charles!

Ich halte schon lange Ausschau nach einem Zirkusartisten, der sein Seil über einen halsbrecherischen Abgrund unseres Planeten gespannt hat, um mich auf der anderen Seite zu treffen. Ich suche schon lange nach der abgründigsten aller Schluchten, über die du mir entgegentänzelst.

Über ihre Gefühle habe sie selten geredet. Niemand hatte Zugang zu ihrem Inneren.

«Hat sie geweint? In der Gegenwart von anderen? Wir können uns nicht erinnern.»

Die Familie hat sie als Stockfisch betrachtet. Bis ihr die Briefe an Herrn Friedländer in die Hände kamen. Darin rollt sie ihre Gefühle längs und quer, vor- und rückwärts aus. Beinah schamlos.

Für ihre Crew öffnete Maria Antonia aber doch ab und zu einen Spaltbreit die Geheimkiste. In solchen Momenten legten die Frauen ihre Arbeit weg.

Man konnte Stecknadeln fallen hören, berichtete Cenzi.

Sie sprach von der Musik der Wellenhügel. Sie sprach davon, dass die Kinder dort ihr Gesicht ins feinste Leinen aus Frankreich und Irland drücken. Der Duft von Lavendel und säuerlicher Appretur strömt aus den Wäschetruhen. Die Taschenklappen sind von Stärke so verklebt, dass sie aufgerissen werden müssen. Sie sprach von den Miniaturmalereien ihres Vaters. Dass Walter Elias Disney als einziger Mensch die Arbeit eines Künstlers in den Holzbrettchen erkannt habe. Auf einem Bohnenstickel sass eine Maus und reckte das Pfötchen. Diese Maus ergriff von Walter Elias Disney Besitz.

Sie wiederholte, was ihre Crew bereits wusste:

«An diesem Tag haben wir beschlossen, unser Fairytale zu verwirklichen. Jedes für sich. Er mit dem Zeichenstift. Ich mit der Nadel aus Stahl.»

Cenzi notierte: *Wo wäre jede von uns ohne diese Begegnung zwischen dem Army-Soldaten und der Schaustickerin?*

Hulda hat die vom Broderiehaus bestellte Ware immer pünktlich nach Amerika geliefert. Neben diesen Paketen erreichten Annas erste Stoffentwürfe mit Huldas Kurzberichten von den Wellenhügeln die Tante.

Liebe Gotte, das Kurhaus Weissbad zerfällt. In kurzer Zeit wird das ehemalige Nobelhaus nicht mehr zu retten sein. Eine Aktiengesellschaft möchte dem Gebäude nun seinen Glanz wiedergeben. Ein deutscher Fürst hält die Mehrheit. Niko sieht sich als Mittelsmann zwischen der ausländischen Gesellschaft und den Einheimischen.

Viele von uns glauben halt noch immer an die heilsame Wirkung der Schottenbäder. Und Niko ist einer von uns. Man mag den Filou. Du kennst ihn ja. Wenn unser Landsgemeinde-Redner in die Hände klatscht, spielen die Musikanten des Teufels zum Tanz.

Und so zittern nun auch die Räss, Zellweger, Inauen, Fässler, Broger, Dörig und Koller ihre Sparbatzen hin. Tüchtige Handwerker stecken Ideen, Kraft und Arbeit ins Projekt. Im renovierten Weissbad werden künftig Neureiche, Sportler und Gesundheitsapostel erwartet.

Niko hat auch mich um Hilfe gefragt. Er sagt, es sei für die Zukunft unserer Tochter. Was hältst du davon, Miss Räss?

Ihre Antwort gab sie im Telegrammstil auf Altfrentsch:

Heiligemuttergottesmaria Hergottsack Hände weg!

Im Kurhotel Weissbad brach in der Nacht vom 5. Januar 1960 Feuer aus. Es frass sich durch den Dachstock. Die rasch eingetroffene Feuerwehr konnte den Brand noch vor Mitternacht unter Kontrolle bringen. Doch das Löschwasser verursachte am ganzen Gebäude Schaden.

Die Zeitungen erläuterten den Fall. «Kapital ist vernichtet. Handwerker bangen um den Lohn ihres Einsatzes. Die Hoffnungen der Region auf Einkünfte als Tourismusort schrumpfen. Kleinaktionäre sehen sich um ihr Spargeld betrogen.»

Am Dreikönigstag ist Niko von einer Heemet zur andern gereiffelt. Er traf auf verstörte und finster blickende Kleinaktionäre. Versuchte zu retten, was ihm als rettbar erschien. Tröstete. Nichts sei verloren. Es sei ein Missgeschick. Eine Lappalie. Wozu gibt es eine Brandschutzversicherung?! Wozu gibt es einen fürstlichen Hauptaktionär?! Damit man abgesichert ist! Ha. Damit der Wiederaufbau rasch geschehen kann.

«Wir renovieren das Hotel schöner als zuvor.»

Alois Räss pfiff auf Nikos Bekanntschaft mit dem Grafen. Traute dem Landsgemeinde-Redner aber zu, dass er der Versicherungsgesellschaft den letzten Stutz entlockt. Wenn es jemandem gelingt, dann dem Clown.

Aber nichts geschah. Es tauchte kein Versicherer mit Mäppchen, Formularen und dickem Geldbeutel auf. Einige Handwerker zogen mit Niko zum Domizil des Adligen. Das Tor war verriegelt. Sie traten es mit Nagelschuhen ein und stampften durchs Anwesen.

Kein Herr Graf! Nicht der Hauch eines Adligen. Die Männer zogen mit leeren Hosentaschen ab.

Hulda verfasste einen Dankesbrief an ihre Gotte.

In den Heemet erholt man sich nur langsam von diesem Schock. Die Aktionäre haben die Wertpapiere zerschnitten. Die schön ziselierten

Fetzen verzieren jetzt die stillen Örtchen. Aber Niko ist ein Hasardeur, ein Meister im Kopfstand, ein Selbstdarsteller. Kurz: Das Ein-Mann-Cabaret von Innerrhoden. Wenn es sein muss, geht er mit einem Bauchladen durch Bahnhofstoiletten und verkauft Wegwerftücher. Er fällt immer auf die Beine. Er handelt das Papiertaschentuch jetzt en gros. Daneben bewährt er sich als Begleiter wohlhabender Witwen.

Sie habe den Faden zum Kindsvater durchschnitten.

Walt Disney starb am 15. Dezember 1966 im Spital in der Nähe seines Studios an Lungenkrebs. Seine Schweizerfreundin war nicht da, um ihm das Mouchoir für den letzten Weg im Anzug zu richten. Aber sie schloss das Geschäft am Tag des Begräbnisses. Die Frauen trauerten um den Mann, der kleine Alltagsdramen in Komik zu verwandeln und als Pixiedust in die Luft zischen lassen konnte. Sie werden seine Besuche vermissen. Er wird sie nun nie mehr in helle Aufregung versetzen.

Im Übrigen lief in New York alles bestens.

Die Tante zählte nun siebenundsiebzig Jahre. Aber sie schrieb, sie erwache an jedem Morgen wie neugeboren. So lebendig und unternehmungslustig, dass sie sich schon fast bei Mili und der weitläufigen Verwandtschaft in Appenzell entschuldigen müsse. *In meinem Alter ziehen Damen sich von ihren Geschäften zurück. Ich aber denke nicht daran, mich zur Ruhe zu setzen.*

Sie überwachte die Kunden unauffällig wie eh und je. Kontrollierte auch die Crew, weil sich dies für eine gute Patronne gehört. Manchmal könnten die Angestellten Miss Räss küssen. Manchmal verdammen sie sie in Grund und Boden.

Inzwischen war die Marke MRA ein Garant für Handarbeit von Qualität und Wert, jedes Stück ein Original. Sie achtete darauf, dass alle Arbeiten das Geschäft mit dem Echtheitszertifikat der Appenzeller Handstickerei verlassen. Ein Mouchoir von MRA gilt als Kunstwerk mit Wertsteigerung. Manche Käufer lassen ihr Kleinod unter Glas setzen und hängen es an die Wand.

Es kam vor, dass Kunden ein Geschenk ins Broderiehaus zurückbrachten, weil solch ein Tüchlein angeblich nichts hermacht, sondern in der Pochette verschwindet. Sei aber sündhaft teuer. Monogramme gab es als Massenware zum Aufbügeln im Warenhaus. Man konnte sie in jeder Form und Grösse, sogar mit Krone und Adler kaufen.

Mit einem Blick zum Himmel schlug die Tante die Hände zusammen.

«Mammamia, diese Wegwerfgesellschaft … diese Zeit …»

Zweimal im Jahr buchte sie einen Business-Swissair-Flug in die Schweiz. Den Cadillac liess sie samt Fahrer verschiffen. Er wartete am Flughafen auf Miss Räss.

Ihre Suite 36 im Hotel Hecht war ein Blumenmeer. An jedem Strauss baumelte eine Visitenkarte. Ständig klingelte das Telefon. Das Personal fand, es gebe mehr Reservierungen im Speisesaal, wenn Miss Räss zu Gast ist.

Kaum in Appenzell, liess sie sich zur Kirche von Eggerstanden fahren. Einmal, um Blumen auf die Gräber zu verteilen. Ein andermal, um Ehrwürden in der Kirche mit ihrem Gezeter in Altfrentsch zu erschrecken, ihm aber gleichzeitig ein Bündel Dollarscheine hinzuwerfen.

Alois und Sepp waren inzwischen gestorben. Aber auch Milis Gesundheit war fragil. Sie benötigte Medikamente, Spitalaufenthalte und Kuren. Die Tante übernahm solche Kosten mit grösster Selbstverständlichkeit.

Kinder folgten Maria Antonia Räss in Scharen über den Landsgemeinde-Platz, denn sie streute Silberdollars wie Rosenblätter auf diese letzte Bastion der stimmberechtigten Männer. Die Kleinen schossen auf die hingeworfenen Münzen.

«Wie hätten wir unsere Kinder davor bewahren können, sich nach dem Geld zu bücken?

Wie? Da wir selbst vor die reiche Tante hinkrochen, damit sie unsere Handarbeiten kauft. Da wir keine Anstalten machten, die Millionen-Anwartschaft abzulehnen. Wenn wir ehrlich sind, dachten wir nie nur im Traum daran, sie nicht anzunehmen. Wir standen im Startloch und waren zum Raffen bereit.»

Niko schlenderte redend durch den Rathaussaal. Er erinnere sich, dass er seine Frau bei einem ihrer Besuche zu einer Blustfahrt einladen und ans schottische Abenteuer erinnern wollte. Apfelbäume flockten die Wellenhügel mit Blüten ein. Es war ein blauer Frühlingstag. Wie vor sechzig Jahren sei er rückwärts am Sportcoupé gelehnt. Eine Schiebermütze verdeckte seine Glatze. Und vom Tonband erklang ein Walzer.

Er stupste das Gestell seiner Sonnenbrille tiefer, um die herausgeputzte Dame zu bewundern, die im taftenen Etuikleid aus dem Hotel stöckelte. Von der Taille bis zu den Waden raschelte ein gerüschtes Band. Ihr Rock wand sich um ihre Hüfte wie die Hülle eines Regenschirms. Doch an ihrem Ohr wippte ein Tüllrad und nahm ihr die Sicht.

Sie sei achtlos an ihm vorbeigeschaukelt. Der Cadillac parkte in der Nähe, der Schwarze stand stramm. Und Niko musste mit ansehen, wie seine Frau sich wohlig ins Polster kuschelte. Und beim Vorüberfahren ein Müffchen machte.

Er rückte seine Krawatte zurecht und versicherte der Sippe: «Maria Antonia ist mir schon als fünfjähriger Zwerg über den Kopf gewachsen. Diese kuriose, kleine, mit vielen Wassern gewaschene Person lehrte mich das Staunen.»

Die Sippe war überrascht, dass dieses Eingeständnis vom Anzettler des ruinösen Schauprozesses kam. Von der Numero Uno im Niederreissen der Heimstickkultur. Und nun soll die Familie glauben, dass er sich über «Das Wesen Maria Antonia» Gedanken macht? Dass er «Die Seele der Heimstickkultur» vermisst?

Vom Winzling des väterlichen Webkellers wegen eines Comicfiguren-Zeichners verlassen zu werden, musste den flottesten Jüngling von Appenzell tief getroffen haben. Sie war seine Walzertänzerin, seine Jugendliebe, seine Amboss-Braut. Er ist ihr zweimal nachgereist. Auf einen Wink ihrer Lilienhand hätte er es zweifellos ein drittes Mal getan.

Im Fabrikantensohn sahen die Leute aus den Wellenhügeln nie einen Verzweifelten. Er schwamm immer obenauf. Schwang grosse Reden und hechelte auf der Politbühne hinter dem heldenhaften Ueli Rotach her. Wieso sollte die Sippe jetzt Mitleid mit ihm haben? Weil er ein älterer Herr ist, dessen Gelenke beim Vor- und Rückwärtssalto knacken? Oder weil ihm das Erbe seiner Amboss-Braut fortschwimmt?

Immerhin hörten ihm vierunddreissig Mitglieder der Räss-Sippe zu. Die Familie interessierte sich plötzlich für die Gefühle des Mannes, den sie immer als Clown betrachtet hat.

Zum ersten Mal beantwortete Niko Manser die Fragen der Geissenbauern, Miniaturmaler, Kuhreigenpunzer und Scherenschnittschnipsler, trotz seiner Zweifel, dass sie die Antworten nicht verstehen.

«Und die Puppe mit der Cloche? Die hochwohlgeborene Braut in spe? Die umworbene Schwiegertochter?»

«Die? Ist Hals über Kopf ausgezogen. Schon vor Ewigkeiten.»

«Und unser Huldi?»

«Der Fehler meines Lebens!»

«Und was war mit Gretna Green?»

«Das? Eine Schnapsidee. Aber wahr.»

WEISSER CADILLAC MIT SCHWARZEM FAHRER

Maria Antonias Freundin Coco Chanel starb am 10. Januar 1971 in Paris. Sie hinterliess ein Imperium mit einem Umsatz von mehr als sechs Milliarden US-Dollar. Ihr Vermächtnis wird als das damals bedeutendste der Modebranche eingeschätzt.

Im selben Jahr kann in Florida das «Walt Disney World Resort» geöffnet werden. Es dehnt sich über eine gewaltige Fläche und beschäftigte mehr als 70 000 Personen. Ihr Freund konnte das Schwungrad noch zur Lebzeit in Bewegung bringen. Aber bei Eröffnung des Parks musste jene Bank leer bleiben, von der aus er zuschauen wollte, wie sein buntes Königreich sich funkelnd und rasselnd im Pixiedust zu drehen beginnt.

Liebe Gotte, wir sticken noch zum Zeitvertreib. Die jüngste Generation will nicht auswandern. Sie will ihre Zukunft hier entfalten. In dieser Region. «Go West» sagen sie nur beim Trampen. Die Mouchoirs verschwinden aus den Wäschetruhen. Wenige finden den Weg in die Schaukästen des Stickmuseums von Appenzell. Kuriositäten.

Von der Familie arbeiten viele nun doch in einer Fabrik. Es braucht Überwindung. Doch dort gibt es geregelte Arbeitszeiten und mehr Sicherheit.

Die Königin der Nadel hatte die Veränderung vorausgeahnt und stellte sich schon früh darauf ein. Sie importierte Broderien aus China, Madeira und Mexiko. Die modernen Verkehrsmittel erleichterten das bequeme und rasche Reisen zu jedem Punkt der Welt.

Die unverwüstliche Crazy-Woman schnitt den Wind der Welt. Ihr einer Fuss ruhte im Hochgeschwindigkeitszug auf einem Koffer, während der andere zwischen der Lifttür des Gebäudes, 40 Central Park, steckte.

Liebe Hulda, es stimmt, ich komme. Ich gehe. Ich stürze von einem zum nächsten Jahr …

Bei jedem ihrer Besuche sprach ihre Schwester Mili mit leiserer Stimme. Schliesslich strich sie nur noch die Falten über den Knien glatt, drehte den Kopf zum Fenster und starrte ins Nussbaumgeäst. Sie verstand die Hälfte und begriff die Hälfte dieser Hälfte.

Wäre es besser, nie mehr in die Schweiz zurückzukehren, Hulda?

Doch sie ist zurückgekehrt. Unbeirrt. In immer schwindelerregenderen Haute-Couture-Kleidern. Pucci und Dior standen nach Cocos Tod hoch im Kurs. Ihre Familie war auf jede Verrücktheit gefasst. Die Tante war imstand, das dicke Euter im Zottelfell einer Geiss zu suchen, weil sie Appetit auf deren Milch hatte. Und der Clown war imstand, vor der Suite 36 des Hotels Hecht seinen Sportwagen zu parken, um auf der Strasse Salti zu schlagen.

Die beiden Verrückten passten auf eine Weise zusammen.

Es war schon fast selbstverständlich, dass Die reiche Tante mit ihrem Kater Charly über die Weltmeere dampfte. Oder auf dem

Friedhof von Eggerstanden aus der Hocke sprang, um Hochwürden am Rosenkranz zu fassen und auf Altfrentsch zu erklären, dass zwar Gott entscheidet, wen er ins Buch des Lebens schreibt. Aber dass Maria Antonia Räss befiehlt, welche Namen in Gedenksteinplatten gemeisselt werden. In Goldlettern. Gut sichtbar. Und subito.

Die Kirche von Eggerstanden bekam ihren neuen Turm. Sein Glockenschwingel wurde zum Klingen gebracht. Und die Sängerempore erhöht. Die Namen ihrer Geschwister wurden als Donatoren in Steinplatten graviert.

Auch im Alter war sie überall zu Hause. Mit ihr der weisse Cadillac mit dem schwarzen Fahrer, die goldgepunzten Lederkoffer und das Beautycase. Jeder Auftritt war filmreif. Die Besuche kamen einer explodierenden Granate gleich. Sie sprengte das appenzellische Mass.

«Die Tante ist unserer Familie immer fremder geworden. Wir wurden immer ehrerbietiger.»

Nur Hulda hat sie geliebt. Auch die Kinder von Appenzell haben sie geliebt. Oder rannten sie bloss ihren Silberdollars hinterher? Man sei zum Hotel Hecht spaziert, um sie zu sehen. Nur um zu erfahren, welche Brandruine sie kaufen will, wen sie mit Juwelen beschenkt, für welchen Schnorrer sie eine fünfstellige Ziffer ins Scheckbuch zittert.

Ja, sie wurde zur Gönnerin aller Spendeaktionen. Sie war das letzte rettende Ufer. Der Engel vom Dienst. Sie bezeichnete sich als Christin, musste also an ein Ewiges Leben geglaubt haben. Und dass es im Jenseits sowohl gute als auch schlechte Positionen gibt. Daraus schloss sie, dass Beeinflussung möglich ist. Diese war mit einem Federstrich im Scheckbuch zu schaffen.

Sie liess sich die Brille reichen und tunkte die Feder ins Tintenfass.

Vermutlich sind ihre Millionen im Schoss der Kirche. Oder in der Serengeti? Bei den Barmherzigen Brüdern? In den Bauten von hundert afrikanischen Missionen? Sie hat sie aus dem Scheckbuch gerissen und fortflattern lassen.

Herr Manser setzte sich auf die Ecke meines Kanzleitischs für ein vertrauliches Gespräch. Weil ich mit seiner Tochter Anna zur Schule ging, hatte er die Hoffnung, bei mir Verständnis zu finden. Ein Vater will immer nur das Beste für sein Kind. Anna machte eine Weiterbildung in textiler Gestaltung. Danach plante sie einen Aufenthalt in Amerika.

«Sie eifert der Crazy-Woman nach.»

Niko Manser wollte der Tochter eine Basis ermöglichen. Aber womit? Er hob die leeren Hände. Sein Geschäft gehe so lala. Obwohl alle Welt in ein papierenes Taschentuch schnäuzt, bringt ihn dies auf keinen grünen Zweig. Wenn er die Gretna-Green-Ehe nicht beweisen kann, ist er ruiniert. Als Geschäftsmann. Und als Wegbereiter der Zukunft seiner Tochter. Er sei in den Rathaussaal gekommen, weil er hoffte, bei der Hinterlassenschaft jenen Umschlag zu finden, den seine Braut damals mitgenommen hat.

«Es liegt alles auf dem Tisch, Herr Manser.»

«Unmöglich! Die Bank bricht mir das Genick. Ich bin nicht einmal ein richtiger Vater.»

Er presste sein Gesicht in die Hände und schnaubte durch die Finger. Er schwitzte. Die verklebten Locken tropften auf seinen Hemdkragen. Nach langer Zeit klopfte er mit dem Zeigefinger aufs Protokoll und diktierte.

Niko Manser zieht jeglichen Anspruch auf die Erbschaft der Maria Antonia Räss zurück.

Hulda und Hans Zellweger betrachteten die Fotografie von Kater Charly, der sich auf dem Satinkissen räkelte. Hans schmetterte das gerahmte Bild quer über den Tisch. Es riss eine breite Schneise durch die Preziosen. Die Angehörigen schraken zusammen. Scherben rieselten zu Boden. Aber niemand bückte sich nach dem Katzenbild.

Hat die Erblasserin geglaubt, ihre Verwandten würden sich um die Fotografie von ihrem geliebten Charly reissen? Oder um die Lösung des Rätsels des letzten Dessins der Tochter des Geissenbauern?

Hat sie ihre Sippe ins Rathaus verfügt, damit diese ein allerletztes Mal ihrem Pioniergeist Bewunderung zollt? Hoffte sie, bei der Stobeten würden wundersame Geschichten über Die reiche Tante in Amerika getauscht? Nach dem Genuss der Schlachtplatte wird die Verwandtschaft sich dann froh und bereichert auf den Heimweg machen. Und eine Tochter der Räss, Zellweger, Inauen, Fässler, Broger, Dörig oder Koller wird künftig die Geissen mit Protzringen an den Fingern melken.

«Eine Traumtänzerin, unsere Tante. Sie muss zeitweise den Boden unter den Füssen verloren haben.»

Als die Katze starb, räumte sie ihr Apartment.

Mit dem Befehl: «Nach Hause!», liess sie sich vom Fahrer dreimal um den Central Park und danach zum Rockefeller Center fahren. Dort übergab sie Cenzi den Schlüssel zum Broderiehaus.

Bei der Tür habe sie sich noch einmal umgedreht.

«Ich sah das erschreckte, blasse Gesicht meiner langjährigen Angestellten. Nicht traurig sein!, sagte ich, ging zurück und umarmte sie.»

Die Swissair flog sie in die Schweiz. Von dort liess sie sich im Cadillac nach Appenzell chauffieren. In Friedhofnähe. Wie alle Räss. Nach Vollendung eines grossen Traums kehren sie zurück. Zum Gebimmel ihrer Geissen, dem Geläut ihrer Kirche und dem Wispern ihrer Weiden. Sie wollen die Melodie der Wellenhügel noch einmal hören.

«Die Zeit ist vorbeigerauscht, Hulda. Ein erster Weltkrieg und ein zweiter. Hochblüte, Flaute, Zusammenbruch und Aufschwung. Die Tage haben mir viel genommen und viel gebracht. Jugend, Enthusiasmus, Hoffnung und Enttäuschung. Die Zeit ist ein Windhauch, der rasch verweht. Ich verwechsle Namen, Geburtsjahre und Tage.»

Sie wohnte im Hotel Hecht. Der Fahrer und das Auto standen zu ihrer Verfügung. Es gab keine Abmachung mit dem Hotelier über die Dauer des Aufenthalts. Es gab keine Ankäufe von Stickereien. Telefone wurden nicht durchgestellt. Die Rezeption schickte alle Besucher fort.

Ihr Haar war nun aus Silber gewirkt. Ihre Haut knitterte. Und über dem Zyklame-Mund lag der Schatten eines Damenbarts. Doch sie war noch immer schön. In ihrem Beautycase trug sie stets auch die Pinzette mit sich. Gelegentlich zog sie sich in die Suite zurück, um den Damenbart zu entfernen.

Sie war nicht krank. Sie war nur müde. Spazierte, sammelte Feldblumen. Oder sass einfach auf einer Bank und beobachtete Insekten. Mit geschlossenen Augen lauschte sie dem Spiel der

Grasharfe. Sie habe wieder das Keuchen vom Bläss vor 80 Jahren im Ohr.

Einer kleinen Frau, die einen Fuss schon im Grab hat, glaubt man das.

Sie liess sich über die Wellenhügel fahren. Das Beautycase hielt sie mit beiden Händen vor der Brust umklammert. Ihr Cadillac erreichte die Wegschlinge zum Grüt. Sie schickte einen Seufzer zum Nussbaum.

Und starb.

Sie sei gekommen, um letzte Dinge zu regeln, sagte ihr Fahrer. Welche Dinge, das hat er nicht gewusst. Das Beautycase musste der Toten aus den Fingern gebrochen werden.

Es ist der 16. September 1980.

Die Stickerin des Teufels hat an alles gedacht. Die Papiere der US-schweizerischen Doppelbürgerin waren von A bis Z geordnet. Den Sarg hat sie selbst ausgewählt. Teuerste Beschläge, hochglanzlackiertes Holz, royale Ausführung, purer Luxus, denn ein Kindersarg hätte auch genügt. Die Blumengestecke eingeflogen von Nizza. Viel Weiss, Gefiedertes und Umbändertes. Wie für den Debütantenball in Wien.

Man bettet sie in die Spitzen, die sie noch selbst angefertigt hatte. So ist es Brauch. Die Sippe führt ihre Toten, Bräute und Neugeborenen in Spitzen gehüllt zum Gotteshaus. In der Pfarrkirche von Appenzell hielt die Königin der Nadel in ihrem südfranzösischen Blumenmeer zum letzten Mal Hof. Die nahe und ferne Verwandtschaft defilierte vorbei.

«Während die Sippe zum ersten Mal in Papiertücher von Niko Manser weinte, drückte dieser ein Stofftüchlein an seine Augen. Seine Tränen sickerten ins Mouchoir, das ihm die Schaustickerin Maria Antonia vor ewiger Zeit als Liebespfand verehrt hatte.

In einem funkelnden Spezialwagen wurde die berühmte Tote von Appenzell zum Eggerstandener Friedhof überführt. Begleitet von einer Blaskapelle, wankte dort die Sippe im Takt des Trauermarsches hinter dem Sarg her. Dem Trauerzug folgte ihr Cadillac. Die Friedhofsmauer der Kirche war zu eng, um alle Trauernden zu fassen. Viele sammelten sich vor dem Tor. Der Tod einer Königin der Spitze war zu beklagen. Die Kirche trauerte um ihre Gönnerin.

Die Familie trat mit verknäuelten Wegwerftüchern ans offene Grab, um ein Weihwasserkreuz über den Sarg zu wedeln. Und begriff, dass der schöne Titel nun nicht mehr gilt.

«Unsere reiche Tante in Amerika», sie ruhe in Frieden. Amen.

DAS SAGENHAFTE BEAUTYCASE

Der denkwürdigste Erbteilungsakt im Rathaussaal von Appenzell kam ans Ende. Herr Manser verabschiedete sich von der Mutter seiner Anna und winkte den Anwalt zu sich. Als er die Türklinke ergriff, fiel ihm eine Nebensächlichkeit ein.

«Wo ist eigentlich jetzt der Cadillac? Ha!»

Seit der Beerdigung hatte niemand dieses Fahrzeug gesehen. Der Schwarze musste seine weisse Karosse über die Schweizergrenze gefahren, in Le Havre in einem Schiffsbauch versenkt, als Erstklass-Passagier zum amerikanischen Kontinent geleitet und ihn dort als feiner Gimpel ans Tageslicht befördert haben. Er paradiert dort jetzt mit blitzendem Chrom über den Union Square. Diese Nobelkarosse konnte also auch nicht als Teil der Erbschaft betrachtet werden. Die Geissenbauern würden nie darin über ihre Wellenhügel schaukeln. Und Niko wird sich bis ans Ende seiner Tage mit Zinseszinsen, Kredithaien, unverkäuflichen Aktien, politischen Gegnern und Frauenrechtlerinnen herumschlagen.

Niko Mansers Blick blieb am Beautycase hängen. Er fand, es müsse geöffnet werden. Man sollte nichts unterlassen. Das Köfferchen könnte eine Nachricht enthalten, eine wichtige Adresse, den Standort eines Safes oder einen letzten Wunsch.

Der Notar erlaubte ihm, die Tasche zu öffnen.

Ein Hieb. Und der Verschluss sprang auf!

Das Beautycase war leer. Bis auf einen Umschlag mit aufgebrochenem Siegel. Darin die lang gesuchte Geburtsurkunde. Manser sah sie zum ersten Mal. Stumm reichte er das Dokument dem Notar, damit dieser den Inhalt verkünde.

«Herr Mansers leiblicher Vater ist ein Emil Räss vom Grüt. Mit Einwilligung der Kindsmutter hat er seinen Sohn zur Adoption freigegeben. Appenzell anno 1894.»

Die Bestürzung der Sippe verwandelte sich in Verwirrung. Dann in Verwunderung.

Maria Antonia hat den Cousin geheiratet, aber die Hochzeit in Appenzell nie bestätigen lassen. Sie ist ungültig. Er kann keinen Erbanspruch als Ehegatte stellen.

Aber: Er ist ein Räss.

Der fünfunddreissigste der Sippe.

Der Notar veränderte den Teilungsfaktor des Nachlasses. Und ich holte fünfunddreissig Unterschriften zum Verteilen der netten kleinen Summe ein. In der Zwischenzeit räumten die Erben ihre Preziosen vom Tisch. Während Hulda noch das Innenfutter des Beautycase abtastete. Eine Stahlnadel steckte im Taft. Im Seitenfach befand sich eine Visitenkarte des Broderiehauses in New York. Auf der Rückseite war ein Vermerk in der Handschrift von Maria Antonia Räss.

Die Nadel ist aus bestem Stahl. Sie gehört Huldas Tochter Anna. Zur Nadel gehört das Broderiehaus in New York. Samt allem, was zur

Führung des Betriebs notwendig ist. Crescenzia Broger leitet das Unternehmen, bis Anna ihr Diplom im Textilen Gestalten schafft.

PS:

An Anna,

da ist eine Nadel. Sticke deinen Traum!

NACHWORT

Die Geschichte der Crazy-Woman hat mich nie mehr losgelassen. Nach meiner Pensionierung als Notariats-Assistentin begann ich, sie niederzuschreiben. Mein damaliges Protokoll war unbrauchbar. Ich suchte nach fehlenden Puzzleteilen. Cenzi Broger war in New York nicht mehr erreichbar. Anna führte nun das Broderiehaus mit Erfolg.

Den Kontakt zu ihrer Mutter Hulda habe ich nach jener merkwürdigen Erbteilung aufrechterhalten. Sie sammelte alle Informationen über ihre Gotte Maria Antonia Räss. Ich bin ihr unendlich dankbar. Meine Erzählung war noch lückenhaft, als Hulda Zellweger überraschend starb. So musste ich der Geschichte über die geniale Tochter des Geissenbauern noch eigene Fantasie-Schlenker zufügen. Übers Werk ihres ebenso genialen Freunds Walt Disney habe ich mich in «rowohlts monographie» mit Selbstzeugnissen, dargestellt von Reinhold Reitberger, orientiert.

Margrit Schriber, 1939 in Luzern geboren, lebt in Zofingen und in der Dordogne. Sie arbeitete als Bankangestellte, Werbegrafikerin und Fotomodell, bevor sie Schriftstellerin wurde. Ihr umfangreiches literarisches Werk wurde mehrfach ausgezeichnet. Margrit Schriber war die erste Frau im Vorstand der Gruppe Olten und gilt als eine der Pionierinnen im Schweizer Literaturbetrieb. 2022 erschien die Autobiografie *»Das Abenteuer, eine Frau zu sein«*.

Margrit Schriber
Die Stickerin
Roman

1. Auflage 2024

www.bilgerverlag.ch

Der Bilgerverlag wird im Rahmen des Förderungskonzeptes zur Verlagsförderung in der Schweiz vom Bundesamt für Kultur mit einem Förderbeitrag für die Jahre 2021–2024 unterstützt.

Buch-, Satz- und Umschlaggestaltung: Dario Benassa, d.a.b.studio

Druck: Finidr s.r.o.

ISBN 978-3-03762-111-0